大江戸かあるて　鍼のち晴れ

杉山大二郎

集英社文庫

目次

大江戸かあるて
鍼のち晴れ

第一章

鍼の重み

一

「これが江戸かぁ」

駿《しゅん》は惚《ほう》けたように、あんぐりと大きく口を開けた。

板橋宿《いたばししゅく》を過ぎて江戸府内に入ってから、いったい幾度この言葉を繰り返したかわからない。

棒手振《ぼてふ》りの威勢の良い掛け声、辻駕籠《つじかご》の担ぎ手の間《あい》の手《て》、見世《みせ》を冷やかす客の笑い声。幾百幾千の人の喚声が町中に満ちている。

蕎麦《そば》の鰹出汁《かつおだし》、天ぷら屋の煮えた菜種油、団子屋の香ばしい焦げた醤油《しょうゆ》。口中に唾《つば》が溢《あふ》れるほど美味《おい》しそうな匂いが、ずらりと並んだ屋台見世から漂っている。

生まれ育った上野国《こうずけのくに》（群馬県のあたり）玉宮《たまみや》村とは、何も彼《か》もが違った。

柔らかな陽差《ひざ》しが、往来を抜ける冷たい風を温めていく。早朝からの冷え込みが幾分残ってはいるものの、それでも綿入れの中は、すっかり汗ばんでいた。

寛政《かんせい》二年（一七九〇）如月《きさらぎ》。

駿は十七歳になった。村を出たのが昨日の朝方のことだ。途中の川越《かわごえ》城下では喜多院《きたいん》で軒下を借り、今日は丸一日を歩き通して、江戸の本所《ほんじょ》まで辿《たど》り着いた。

生まれてこの方、これほどたくさんの人を見たことがない。江戸ではどこへ行っても、人また人であり、田舎《いなか》の小さな農村である玉宮村では、祭りの日でもこれほど人が集まることはなかった。中山道《なかせんどう》で随一の賑《にぎ》わいを見せる軽井沢《かるいさわ》宿の団子屋で働いたこともあったが、江戸の人の多さとは比べるべくもない。

何よりも驚嘆したのは、瓦や木材をふんだんに使った町並みの迫力だ。江戸を知る大人たちから話には聞いていたが、聞くと見るとは大違いだ。神君家康《いえやす》公入府以来の桃山《ももやま》風の大名屋敷や町人の家屋は、明暦《めいれき》の大火によって、すべてが焼き尽くされて、当世風の新しい景観に一新されていた。

銀鼠《ぎんねず》の瓦屋根が冬の陽に輝き、白亜の漆喰《しっくい》壁が町筋の喧噪《けんそう》を飲み込む。

目に映る何も彼もが、御伽草子《おとぎぞうし》の挿絵で見た異国か桃源郷かと思うほどに美しかった。あまりに惚けて見ていたので、口の中が乾いて上顎と舌がひっついてしまったほどだ。

「俺は江戸一番の医者になるんだ」

己に言い聞かせるように、澄んだ空に向かって思いを言葉にする。気後れした心持ちが、少しは昂《たか》ぶったような気がした。

「おい、邪魔だ。どけっ」

突然、威勢の良い声を浴びせられる。尻端折《しりはしょ》りして天秤《てんびん》棒を担いだ棒手振りと、擦れ違い様にぶつかりそうになった。

「ごめんなさい」

駿は飛び退《の》くようにして、慌てて道をあける。詫《わ》びの言葉を口にしたときには、すでに棒手振りの後ろ姿は小さくなっていた。まるで突風が吹き抜けたみたいだ。

どうして江戸の人たちは、誰もが足早に歩いているのだろうか。そんなに急いで、いったいどこへ行くというのだ。

往来を行き交う人の多さにも、そして歩く速さにも、魂消《たまげ》るばかりだった。

啓蟄《けいちつ》も間近とはいえ、頬に当たる風はまだ冷たい。少し足を止めただけで、すぐに滲《にじ》み出た汗が冷えてしまう。駿は首を竦《すく》めるようにして、両手で襟元を掻《か》き合わせた。

「ふう。やっぱり江戸はすげえや」

溜息《ためいき》を吐《つ》きながら、そっと胸元に手を差し入れる。指先が折り畳まれた書状に触れた。それだけで、指先に温かみを感じる。

懐には、三通の書状が大切にしまってあった。

一枚目は、江戸までの往来手形だ。

幼少より学問や剣術の指南を受けてきた手習い所の師匠である内田健史郎《うちだけんしろう》先生が、ありがたいことに身元を引き受けてくれたお陰で、村名主様から出してもらえたものだ。

二枚目は、兄弟のように育った幼馴染《おさなな じ》みの涼《りょう》が、命を絶つ前に駿に宛てて書いてくれた文《ふみ》だ。

涼の優しげな笑顔が脳裏に浮かぶ。

涼は村一番の神童とまで言われた器量を買われ、念願だった侍として川越藩前橋《まえばし》陣屋の勘定方の役人に取り立ててもらった。

しかし、代官の川村仁左衛門《かわむらにざえもん》が幕府への賄《まいない》とするために、年貢勘定帳に記さずに内密に貯《た》めていた囲い米を見つけてしまい、これを勝手に売り払ってしまったのだ。

涼は横領の咎《とが》によって、切腹の沙汰を受けた。

十両を盗めば首が飛ぶ。涼が売り払った囲い米の勘定は千両に及んでいた。死罪（斬首）ではなく武士として腹を切ることを許され、亡骸《なきがら》を墓に葬ることを認められたのは、仁左衛門のほうにも負い目があったからだろう。

何よりも涼は囲い米を売った金を一銭たりとも己の懐には入れず、飢饉《ききん》に苦しむ百姓たちに、利子を取らずに貸し付けていた。お陰で百姓たちは、翌年の作付けのための種籾《たねもみ》を買うことができた。

これが村の凶作を食い止めることになり、以後は一揆《いっき》が起こることもなくなって藩は救われたのだが、悔しいことに涼はそれを知らぬまま逝ってしまった。

切腹を覚悟した涼が、最後に駿に寄越《よこ》したのが、この文だった。

涼の思いが込められている。駿にとって大切な宝だった。

文には、駿のようになりたかったと綴《つづ》られていた。最後の一文は、

――駿よ。いつまでも駿らしくあれ。

と、締め括《くく》られていた。

駿は涼を助けてやることができなかった。なんの力にもなれなかった。だから、最後にもらった文を、何遍も何十遍も読み返した。

涼が何故《なぜ》、駿のようになりたかったと書いたのか、いくら読んでもわからなかった。駿からすれば涼こそが憧れだった。

それでも涼が全うすることが叶《かな》わなかった生き様を、精一杯に生きたいと思う。涼の分まで生きる。己の躰《からだ》の中に涼が生きているとさえ感じる。だから涼の言葉通り、自分らしく生きたい。

「涼。必ず俺は、江戸一番の医者になるからな」

指先で涼の文に触れながら、駿は思いを声にする。

言葉には魂があると、健史郎先生に教えられた。思いを言葉にして口から発することで、それは強い力を放つ。

涼の母の千代《ちよ》が病で死の淵《ふち》に立っていたとき、駿は涼とともに必死になって前橋の町中を駆けまわって医者を探した。だが、銭《ぜに》がない貧しい百姓のところには、誰一人として往診に来てくれなかった。

貧乏人を蔑むような目で見た医者たちのことを、駿は忘れることができない。

——どんなに偉いお医者様か知らないけど、人の命より、そんなに銭が大切なんですか。お医者様の仕事は、人の病を治して、人を助けることじゃないんですか。

必死になって訴えた駿に向かって、

——くだらんな。そんな甘い考えでは、この世は生きてゆけぬわ。

名医といわれた医者は、冷たく言い放って門を閉ざした。

結局、千代を助けてくれたのは、物乞いのようなみすぼらしい姿で玉宮村に流れついた鍼灸医《しんきゆうい》の田村梨庵《たむらりあん》だった。

——医は以《もつ》て人を活《い》かす心なり。故に医は仁術という。

梨庵が教えてくれた言葉だ。

鍼灸医ならば高価な薬を使うことなく、鍼《はり》で患者を治療することができる。困っている人を見捨てることのない医者になりたい。

それが亡き涼に心の中で約束した、駿らしく生きるということだった。

懐にしまわれた三枚目の書状は、杉坂鍼治《すぎさかしんじ》学問所へ入門するための紹介状だった。

杉坂鍼治学問所は、健史郎先生によれば、江戸でもっとも権威ある鍼灸の講習所とのことだった。

幕府の肝煎りであり、ここで指南をしている講師には、上様《うえさま》（将軍）や老中の脈を取る高名な鍼灸医もいる。彼らは参勤交代で江戸住みとなった大名や大店《おおだな》の商家の治療に当たることも珍しくはなかった。

本来ならば、どこの馬の骨ともわからぬ駿が、入所を許されるような講習所ではない。が、梨庵が、紹介を請け合ってくれた。

鍼灸医を目指すのであれば、初めが肝心であるから、きちんとした講習所で学んだほうが良いと、梨庵から江戸行きを強く勧められたのだ。

梨庵の口からあがったのが、杉坂鍼治学問所だ。

長く病の床についていた涼の母を治療してくれたことから、鍼灸医としての腕は確かなようだが、杉坂鍼治学問所が健史郎先生の言うような名門の講習所であるならば、どこの誰とも身元のわからぬ梨庵に、口利きができるとは思えなかった。

――鍼灸を学ぶなら、やはり江戸に出ることだ。杉坂鍼治学問所は日本一の講習所だ。なあに、案ずることはない。こう見えても、俺は偉いのだ。駿一人くらいを入所させることなど、訳もないことよ。ついでに江戸での働き口も世話してやる。

聞いていた駿のほうが心配になるくらいに気軽な調子で、紹介状を書いてくれたのだ。そのような謂《いわ》れにより、甚だ胡散《うさん》臭いがどこか人の好《よ》さそうな梨庵に、駿は弟子入りすることになったのだ。

梨庵は鍼灸の師匠ということになる。駿は梨庵の伝《つて》に縋《すが》ってみることにした。

駿が二親を亡くしてからずっと暮らしの面倒を見てくれた涼の両親のことは心配だったが、田畑のことはなんとでもなるからと、快く送り出してくれた。

お世話になった涼の両親を置いて行くのは、後ろ髪を引かれる思いだったが、だからこそ必ず医者になってみせると、己に言い聞かせて心持ちを強くした。

「たいやたい、なまだこ、まだいー」

魚売りの天秤棒が、追い抜き様に肩を掠《かす》めていく。競うように先を急ぐ人々に急《せ》き立てられるようにして、思わず駿も足を速めてしまった。

大川《おおかわ》（隅田川《すみだがわ》）に架けられた大きな橋が見える。昔は文字通り大橋と言ったらしいが、武蔵国《むさしのくに》と下総国《しもうさのくに》を繋《つな》ぐ橋なので、今では両国橋《りょうごくばし》と呼ばれているそうだ。

「たしかに、とんでもなく大きな橋だなぁ」

このような大きな橋は、見るのもわたるのも初めてのことだ。

両国橋の西岸は、火除地《ひよけち》として広小路《ひろこうじ》が設けられていて、人通りも一際である。居酒屋、水茶店、古着屋、芝居小屋、見世物小屋などが所狭しと建ち並んで賑わっていた。日本橋《にほんばし》、浅草《あさくさ》とならび、江戸の盛り場の三傑である。

ただし、火事が迫ってきたときにすぐに動かせるように、店はどれもが床見世や屋台ばかりだった。

駿は、両国広小路を行き交う人の流れを突っ切るようにして、両国橋をわたる。

橋の上で川風に当たるだけで、なんだか胸が早鐘のように高鳴った。

両国橋をわたりきると、すぐに回向院《えこういん》に突き当たる。これも見たこともない大きな寺だった。

江戸の冬は風が乾き、火事が起こりやすい。

長屋のように木造の家屋が集まった江戸の町は、とりわけ火がまわりやすかった。そのために火除地として広小路が、方々に作られた。

江戸でもっとも大きな火事は、明暦三年（一六五七）睦月《むつき》の十八日に起こった明暦の大火と言われている。

未《ひつじ》の刻《こく》（十四時頃）から二日間にわたって江戸の町を焼き尽くした大火では、十万人を超える人が亡くなった。

大名屋敷も商家も町長屋も神社仏閣も、すべてが灰燼《かいじん》に帰した。江戸城の天守閣も焼け落ちた。

時の将軍徳川家綱《とくがわいえつな》の命により、火事で命を落とした人々を供養したのが、この回向院の起こりだそうだ。

健史郎先生の講義を思い出す。

江戸行きが決まると、健史郎先生が駿のために江戸の歴史や町の有り様について、詳しく講義をしてくれた。健史郎先生は大名家の家臣だった頃、藩の江戸屋敷で暮らしていたことがあったそうだ。

駿は回向院の門前で足を止めると、目を閉じて静かに両手を合わせた。

如月の初めの午《うま》の日を初午といい、子供が学問をはじめるのに吉とされる。駿が幼少の頃、健史郎先生の手習い所に入塾したのも、初午の日だった。

駿はこれから杉坂鍼治学問所に入門して、鍼灸医を目指すのだ。

門前から境内に向かって手を合わせたまま、ゆっくりと顔をあげる。

一片《いっぺん》の雲もない青い空が、どこまでも広がっていた。

回向院を右手に見ながら、まわり込むように道を進む。

隅田川を跨《また》ぐだけで、ずいぶんと町の様相が変わってきた。

川向こうまでは幕府の町づくりの手も緩むのか、両国広小路のような賑わいは薄れ、途端に人々の喧噪も鳴りをひそめる。

道行く人も、目に見えて数を減らした。

それでも前橋や川越に比べれば、やはり将軍様のお膝元の町だ。茶店や乾物屋などが軒を連ねていた。

駿の前方から、小柄な老婆が歩いてくる。

けっして裕福そうな装いではなかったが、上品な物腰と小綺麗《こぎれい》な小袖を見れば、どこそのお武家様の奥方か母上様というところかもしれない。

少し足腰が弱いのだろうか。江戸の町には不似合いなほど、ゆっくりと歩いている。

老婆が擦れ違う刹那、懐から取り出した懐紙で口元を押さえると、そのまま道にしゃがみ込んでしまった。

「お婆《ばあ》さん、大丈夫ですか」

駿は慌てて駆け寄って声をかける。

老婆はわずかに顔をあげると、

「ええ。大丈夫です。ご親切にありがとうございます」

駿に向かって小首を傾《かし》げるようにして、上品な笑みを見せた。が、その顔は血の気を失ったように青白かった。

「でも、顔色がずいぶんと良くないですよ」

いくら老婆が大丈夫だと言っても、とても放ってはおけない。首を捻《ひね》って辺りを見まわすが、ちょうど人の流れが途切れていた。助けを求めようにも道行く人は誰もいない。

「足があまり丈夫ではないものですから。それに、ここのところ家に籠もりがちだったのです。所用があって久しぶりに外へ出てみたのですが、慣れないせいか、少し気分が悪くなってしまって。しばらくこうしていれば、じきに治まってくれるでしょう」

しかし、辛《つら》いのか、老婆は道端にしゃがみ込んだまま、小さな躰をさらに丸めるようにした。

駿は顔をあげる。どこか老婆が躰を休められるようなところはないかと辺りを窺《うかが》った。目と鼻の先に、軒幅が一間《けん》（約一・八メートル）ほどの小さな団子屋があり、店先には二人掛けの縁台がひとつ置かれている。

（ちょうど良いな）

縁台には五十がらみの男が腰かけていて、串に刺さった団子を頬張っていた。ギョロリと油断なく動きまわる眼《め》が、時折、こちらに向けられる。総髪の鬢《びん》には白髪《しらが》が混じっているが、引き締まった面立ちは精悍《せいかん》で、体軀《たいく》も無駄がない。小袖に袴《はかま》を穿《は》き、羽織を合わせているが、打刀《うちがたな》はおろか脇差も差してはいないので、侍のようには見えなかった。かと言って、商人という感じでもない。

だが、今はそんなことはどうでも良いことだ。まずは老婆を休ませることが大事だ。

男は縁台の片側半分に腰かけ、もう半分には道具箱と思《おぼ》しき木箱を寄せ、さらに団子が二串のった皿を置いていた。

「お婆さん、あそこに座らせてもらいましょう」

駿はできるだけ明るい声で、老婆に語りかける。

老婆が顔をあげ、駿の視線の先を追った。

「でも……」

縁台は男と道具箱によって占められている。それを見て、老婆が首を左右に振った。

「大丈夫ですよ。あの方に事情を話して、縁台を譲っていただきましょう」

「それでは、あの方に申し訳がありません」

なおも老婆は固い表情のまま首を振る。

「なあに、困ったときはお互い様ですよ。きっとわかっていただけます」

駿は老婆の手を取り、立ちあがるのを手伝った。ゆっくりと手を引き、老婆を団子屋の前の縁台まで連れて行った。

「すみません。こちらのお婆さんが、具合が悪いようなんです」

駿は男に頭をさげる。

だが、男は振り向くでもなく、あらぬ方に目をやったまま、手にした串から四個目の団子を齧《かじ》り取ると、ムシャムシャと大きく口を動かした。それから団子の無くなった串を皿に放り投げるように置くと、二串目を指で摘《つま》みあげる。

いくら待っても、男の返事はなかった。聞こえなかったのだろうか。

痺《しび》れを切らした駿は、

「こちらのお婆さんが、具合が悪いようなんです」

先ほどより大きな声で繰り返した。

男がムッとした顔で、

「だから、なんだというのだ」

団子を咀嚼《そしゃく》しながら、抑揚のない声で言い放つ。

「えっ……」

思いも寄らぬ男の返答に、しばし駿は言葉を失う。

「……あ、あのう。お婆さんが具合が悪いようなんです。もしよろしければ、縁台を譲っていただけませんか」

気を取り直して、改めてお願いした。

「何故《なにゆえ》だ」

「な、何故って……」

「縁台には、儂《わし》が座っておる。何故、儂が見も知らぬ者に縁台を譲らねばならぬのかと訊《き》いておる」

男は声を荒らげるでも怒りを滲ませるでもなく、淡々とした口調で言った。

その間も、二串目の団子を食べつづけている。まるで、本当に駿の言葉の意味を解し兼ねているようだった。

「だって、お婆さんは具合が悪いんですよ」

いったいこの言葉を幾度繰り返したら、この男にわかってもらえるのだろうか。

そもそも詳しく話すようなことであろうか。

具合が悪い人がいる。周りに躰を休めることができそうな場所は、男が腰かけている縁台くらいしかなかった。

「たしかに、あまり具合は良くなさそうだな」

「なんだ。見ていたんですか」

「見てはおらぬが、団子を食べながらでも声は聞こえておった」

「でしたら――」

「だが、その者はここまで歩いてきたではないか」

男が駿の言葉を遮るように言った。

「それは俺が手を貸したからです」

なんでわかってくれないのだ。困っている人がいれば、助けるのは当たり前のことだろう。江戸ではそんな簡単な道理も通用しないのか。

駿は苛立《いらだ》ちを隠せない。

駿と男とのやり取りを聞いていた老婆が、

「あたしなら大丈夫ですから」

申し訳なさげに幾度も頭をさげた。

「大丈夫なんかじゃないですよ」

駿が言っても、老婆は恐縮したように俯《うつむ》くだけだ。

男は相も変わらず、団子を食べつづけていた。

「本人が大丈夫だと申しておるではないか」

やがて二串目を食べ終えた男は、最後に皿に残った三串目に手を伸ばす。その間も立ちあがる素振りは見せない。

「そんな訳がないでしょう。お婆さんは遠慮してるに決まってるじゃないですか。縁台を譲ってください」

「断る」

男は一片の迷いもなく、大きな声で言い切った。

あまりにはっきりと言われたので、なんだか男が言っていることのほうが正しくて、駿のほうが理不尽を押しつけているような気がしてくるほどだ。

「どうしてですか」

「儂が嫌だからだ」

「嫌って……。そんな、子供じゃないんだから」

「なんと言われようが、嫌なものは嫌だ」

まるで駄々っ子だ。

「大の大人がそのような道理のないことを――」

「断ると言ったら、断る。だいたい、この縁台は団子屋が団子を買った客のために用意したものだ。儂は団子を買って食べている。儂が縁に座ることは、筋が通っているだろう」

駿はあまりのことに、二の句も継げない。これが大人の言うことか。恥ずかしくないのだろうか。

「恥ずかしくないのかと、そう思っているのだろう」

「えっ……」

なぜ、わかったのか。

「その問いに対して答えるとするならば、まったく恥ずかしくなどないぞ。なぜなら、儂は間違ったことなど言っておらんからな」

「本当にそう思っているんですか。ご自分の言ったことを、もう一度よく考えてみてくだされ」

「その言葉を、そっくりそのまま返してやる。おまえこそ、よく考えてみろ」

「何をですか」

男が老婆のほうに向き直る。老婆は見ていて哀れになるくらい、小さな躰をさらに縮こませるようにして畏《かしこ》まった。

「その者は年老いてから足腰が弱ってきた。このところ寒さが厳しい日がつづいておったので、恐らく出不精となっていたのであろう。久方ぶりの外出であったため血の巡りが滞り、歩いているうちに立《た》ち眩《くら》みがしたのだ。若いおまえにはわからないだろうが、年を取れば珍しいことではない。そういうときには縁台に座っているよりも、涼しい風に当たりながら、ゆっくりと躰を動かすほうが加減も良くなる」

「そんなことがある訳がないでしょう」

「そうこうしておるうちに、顔にも血の気が戻ってきたのではないか」

男が顎をしゃくる。

促されて、駿は老婆の顔を覗《のぞ》き込んだ。

言われた通り、頰に赤味が差している。

「そもそもであるが、その者より儂のほうが達者であると、何故思ったのだ」

「どういうことでしょうか」

「その者より、儂のほうが年若いから達者なのか。それとも、儂が団子を食べているから達者なのか。実は儂が盲者であり、従者の介添えがなければ歩くことはおろか、立つことさえできぬとは、何故考えなかったのだ」

「そ、それは……。だって、あなたは一人だったし、それに団子を食べていて、お婆さんの顔色も良くなったって……」

男が目が不自由などとは思いも寄らなかった。言われてみれば、男の視線は一度も駿と合っていない。

「たしかに、ここに従者の姿はない。だが、儂の言い付けにより、近くの店まで使いに行っているのかもしれない。従者が戻るまで儂は立ちあがることができぬため、こうしてここで団子を食べながら待っているということについて、縁台を譲れと頼む前に、おまえは考えを巡らせたか」

そう言葉にした男の視線は、やはりあらぬ方に向けられたままだった。

「考えてもみませんでした」

駿は声を落とし、素直に認める。

「そのような考えを、浅はかと言うのだ」

「うっ……」

返す言葉がなかった。

「まったくもって思慮の浅いことよ」

「ごめんなさい。そんな事情があるとは、考えてもみませんでした」

駿は打ちのめされたように表情を引き締めると、男に向かって平身低頭する。隣では老婆も、まるで己の過ちを詫びるかのように深々と頭をさげていた。

「よいか。物事というものは、表に見えているものだけがすべてではない。本当に大切なことは、案外と見えないところにあるものだ」

ぐうの音も出ない。老婆の容体を案ずるあまり、男の事情には気を配れなかった。己の考えの至らなさが情けなかった。

男は三串目の団子を食べ終えると、串を皿に放り投げた。

「親父《おやじ》。美味《うま》い団子であった。銭はここに置くぞ」

男は団子屋の奥に向かって声をかけると、銭入れから四文銭を三枚取り出して皿の上に転がす。

チャリンと乾いた音が響いた。

駿は唇を噛《か》むようにして、その音を聞く。

男は傍らの杖《つえ》を摑《つか》むと、ゆっくりと立ちあがった。縁台の上の道具箱を持ちあげ、そのまま往来を歩きはじめた。

「えっ。なんだ。歩けるじゃないか」

駿は驚きの声をあげる。

老婆も呆気《あつけ》に取られたような顔をしていた。

歩きはじめていた男が立ち止まり、ゆっくりと振り返る。

「歩けないと、誰が言った」

顔色ひとつ変えずに、ぬけぬけと言い放った。

「だって、目が見えないから歩けないんじゃないんですか」

「歩けないなどと言った覚えはない。従者の介添えがなければ歩けないかもしれないと、何故考えないのかと尋ねただけだ。おまえは考えなかったと答えた。それだけのことだ」

「だから、それって——」

「確かに生まれついて目を患っておる。目を凝らしても、薄ぼんやりとしか物は見えぬ。それでも杖をつけば、石に躓《つまず》かずに一人で歩くくらいのことは造作もないことだ」

「じゃあ、なんで、縁台を譲ってくれなかったんですか」

いくらなんでも得心がいかない。

「座ってゆっくりと団子を食べたかったからだ。まだ二串、残っていたからな」

「俺を騙《だま》したのか！」

「騙してなどおらん。おまえに世の道理というものを指南してやったのだ。むしろ、礼を言われても良いくらいだろう」

男は相変わらず表情を変えることなく、平然と答えた。

「なんだとっ！」

「何故、腹を立てるのだ」

「騙されたからだ。当たり前だろう」

男が左の眉をあげる。

「おまえは騙されたのではない。目の前にあるものから、みずから目を逸《そ》らしたのだ。人間は、己が見たいと思うものしか見ようとせぬ。せっかく、不自由のない目を持っていても、それでは本当に見るべきものを見ることはできぬ」

男はそう言うと、その場から立ち去ってしまった。

駿は呆然《ぼうぜん》としたまま、男を見送ることしかできなかった。

二

杉坂鍼治学問所は、本所深川《ふかがわ》にある。

広い敷地に大きな屋敷が建つ。門が開け放たれたままであることを除けば、講習所というよりも大名の下屋敷のようだった。

駿は、気後れしながら門をくぐる。

「すみません。どなたかいらっしゃいますか」

広い上《あ》がり框《かまち》の前の土間に立ち、恐る恐る声をかけた。

「はい……」

柔らかで優しげな声だった。

程なくして出てきたのは、駿と変わらぬ年代と思しき女子《おなご》だった。

息を飲むほどに整った顔立ちをしている。

黒目勝ちというのだろうか。白目に対して漆黒の瞳が大きく、目が合うだけで吸い込まれるようだ。

透けるほどの雪白の肌ながら、紅も差さぬ唇だけは、石榴《ざくろ》を齧ったように赤い。

身幅が細い水浅葱《みずあさぎ》に染められた小袖に、鶯《うぐいす》にぼかした幅広の帯を締めた着物姿が、華奢《きゃしゃ》な躰に良く似合っていた。

どこをとっても、やっぱり江戸は違うと思わせるだけの品の良さが感じられる。

女子は何かの仕事の途中だったのか、島田髷《しまだまげ》を覆った手拭いだけは手早く取ったものの、着物の袖は襷掛《たすきが》けされたままだった。

白手拭いで、濡《ぬ》れた手を拭う。白魚《しらうお》を思わせる細い指先に、つい目がいってしまう。

恐らく声と同様に、優しい心根の女子なのだろう。

勝手な思いが湧きあがる。

「……どちら様でしょうか」

「あっ、はい。わたしは、上野国玉宮村の駿と申します。鍼灸医になりたくて江戸に出てきました」

慌てて名乗りながら、女子に向かって深々と頭をさげた。

同年代の若い女子と口をきくことに慣れていないので、どうにも勝手がわからない。

「鍼灸医になりたいですって？」

駿の言葉に、女子の口調が急変する。

「ここに紹介状も――」

慌てて懐に手を差し入れ、梨庵が書いてくれた紹介状を取り出そうとしたが、

「お引き取りください」

それを女子のきっぱりとした拒絶の言葉で遮られてしまった。

「ちょ、ちょっと待ってください。話くらいは聞いてくれてもいいじゃないですか」

「聞く必要はないわ」

はっきりと撥《は》ねつけられる。

「なんでですか」

「あなたのような胡散臭い人が、毎日のようにここを訪ねてきます」

女子は両手を腰に当てると、一歩たりとも屋敷の中には入れぬとばかりに仁王立ちになった。

「胡散臭くなんてありませんよ」

駿は、口を尖《とが》らせて言い返す。

女子が駿の頭の先から爪先まで、舐《な》めるように見渡した。

「あなた、ここがどこだかわかって訪ねてきているの？」

「もちろんです。杉坂鍼治学問所ですよね」

「そうよ。天下に名だたる杉坂鍼治学問所よ。杉坂検校《けんぎょう》が五代将軍徳川綱吉《つなよし》公より拝領した当地に、前身である杉坂流鍼治導引稽古所を開所してからおよそ百年。今は第十五代師範の大森《おおもり》検校のもとで、御公儀の庇護《ひご》をいただきながら諸国四十五箇所に講堂が置かれ、門下生は延べ二千人をくだらないわ」

この件を数えきれぬほどに繰り返し口にしてきたのだろう。女子は淀《よど》みなくスラスラと言い切った。

「二千人ですか」

さすがの駿も言葉を失う。

「それがどういうことかわかっているの？」

女子の顎がさらにあがった。

「由緒のある講習所だということですね」

「そういうことよ。それがわかったのなら、さっさと国へ帰りなさい。玉宮村で畑を耕しているほうがあなたのためだと思うわ」

有無を言わせず、手厳しい。

「どうして俺が百姓だってわかったんですか」

「違うの？」

「まあ、たしかに百姓ですけど」

「ほら、みなさい」

「着ているものが粗末だからですか」

駿は視線を落とした。

「呆《あき》れた。あなた、そんなことを気にしているの？」

女子の声が一際高くなる。弾《はじ》かれるように、駿は顔をあげた。

「だって、俺は百姓だとは言ってないし」

女子の美しい眉が吊《つ》りあがる。

「医者は人を診《み》るのが仕事なの」

「はあ……」

「ここまで言っても、まだわからないの？　あなた、上野国玉宮村の駿と申しますって、名乗ってたじゃない。玉宮村って、七年前に大噴火をした浅間《あさま》山の近くの農村でしょう。それに日に焼けた顔に、しっかりとした手をしてる。刀だって差していない。どっからどう見ても百姓としか思えないでしょう」

「ああ、なるほど。そういう訳ですか」

言われてみれば合点がいった。

「なるほど、じゃないわ。己の心根が賤《いや》しいから、着物が粗末なことが気になるのよ。あなた、医者には向いてないと思う。悪いことは言わないから、玉宮村に帰りなさい」

「そりゃ、あんまりだ」

優しい心根の女子だろうと考えたのは改めなければならない。とんでもない。歯に衣着せぬ物言いは、気の強さを通り越して、もはや般若《はんにゃ》か鬼女か。それでも美人であることだけは間違いないが。

「なによ。あたしの顔に何かついてる？」

「いえ、なんにも」

どうにも調子が狂う。

「とにかく、あなたのように、どこの馬の骨ともわからない輩《やから》が、毎日のようにやってきては、鍼灸医になりたいって気安く入所を願うんだから。まったく、腹立たしいったらありゃしないわ。ここに来れば、ただ飯が食べられると思ったら大間違いなんだから」

「そんなこと、考えていません」

「どうだか」

女子が胸の前で腕を組んだ。

「俺は真剣なんです。俺のことをよく知りもしないで、勝手に決めつけないでください」

「へえ、言うことはそれなりね。あなたこそ、この学問所で学ぶ人に盲人が多いからといって、容易《たやす》く鍼灸医になれると思ったら大間違いなんだから」

「そんなことは思っていません」

「本当かしら。信じられないわ」

「俺は本気です」

「じゃあ、なんで杉坂鍼治学問所に入りたいの？　江戸には他にもいくつも鍼灸の学問所はあるでしょう」

女子が形の良い目をさらに吊りあげて睨《にら》んできた。

「ここじゃなくちゃ、だめなんです」

「どうして？」

「江戸一番の医者になりたいからです」

駿は口元を引き締め、まっすぐに女子を見返す。

「なんですって」

「ここは江戸で一番立派な講習所なんですよね」

「そう言ったじゃない」

「だったら、やっぱりここがいいです。俺は江戸で一番の医者になりたいんです」

駿は表情を引き締め、右手の人差し指を顔の前で立てた。

「だから、なんで一番なのよ」

「俺の村は浅間焼けから、もう何年も飢饉がつづいているんです。今は桑の葉の栽培や稲作も上手《うま》くいくようになって、少しは良くなったけど、それまでは食べるものにも事欠くほど暮らしに困ることもありました。村人は病を患っても、銭がなくて医者に診てもらうどころか、薬を買うことすらできなかったんです。だから俺は、困っている人を助けてあげたいんです」

「暮らしに困っているのは、あなたの村だけではないのよ」

「だから、江戸一番なんです。江戸で一番の医者なら、それだけたくさんの困っている人を助けられると思うんです」

駿は唇を尖らせる。

「言うことは、まあそれなりね」

女子の表情は固いままだ。駿に相対するのに、まだ一度も笑みを浮かべていない。

「そんなに怖い顔をしないでくださいよ」

「大きなお世話よ。こういう顔なの」

取り付く島もない。

「そうだ。俺の師匠から、紹介状を書いていただいています」

出しかけていた紹介状のことを、すっかり忘れていた。もっと早く気がつけば良かった。駿は、慌てて懐から梨庵にもらった紹介状を取り出した。

「ふんっ。田舎の鍼灸医なんて、どんな施術をしているか、知れたものじゃない。そんな怪しい人からの紹介状など、何十枚持ってきたって鼻紙にもならないわ」

そう言われると、返す言葉がない。

たしかに梨庵は、駿から見ても怪しい男だった。玉宮村に流れて来たときは、物乞いかと見紛《みまが》うような風体をしていた。江戸で鍼灸医として偉い御方《おかた》の脈も取っていたと話していたが、そんな話は眉唾ものだ。

鍼灸医になりたくて、藁《わら》にも縋る思いで弟子入りしたものの、そもそも梨庵がどのような人物なのか、何ひとつ知らなかった。梨庵は己の身の上を、あまり話したがらなかったのだ。

この女子の言う通りである。たしかに梨庵の紹介状など、糞《くそ》の役にも立たない。

駿は、意気消沈して項垂《うなだ》れた。

こうして江戸まで出てきたのだが、望んでいた杉坂鍼治学問所には入れないとしたら、いったいどうやって鍼灸医になればいいのだろうか。

玉宮村では養父母の伝五郎《でんごろう》と千代、そして手習い所の師匠である健史郎先生、さらには村の人たちが、駿が鍼灸医になることを待ち望んでくれている。

「なんとかなりませんか。俺、どうしても医者になりたいんです」

自分らしく生きていくと、飢饉に苦しむ村人を助けるために死んでいった涼に誓ったのだ。

改めて女子の表情を窺うが、

「ここに来る人は、誰もが同じことを口にするわ」

引き結ばれた口元が緩むことはなかった。

駿は落胆して肩を落とす。いくら頼んでも、取り次いではもらえそうにない。

「わかりました。出直してきます。せめて、この紹介状だけは受け取っていただけないでしょうか」

膝に額がつくほどに深く頭をさげた。

「受け取るだけよ。どうなるかは、わからないからね」

駿が諦めたと思ったのか、女子は紹介状だけは受け取ってくれる。

駿は今一度頭をさげると、踵《きびす》を返し、学問所を後にした。

往来に出て、トボトボと歩きはじめたが、無論のこと行く当てなどない。この先、どうしていいかもわからない。

駿は途方に暮れた。

往来を吹く風が、先ほどより冷たく感じる。泣きたかった。駿は肩を落とし、俯いたまま歩きつづける。

江戸に出てきさえすれば学問所に入所できて、医者にもなれるものだと勝手に思い込んでいた。まさか入所できないなどと、考えてもいなかったのだ。

——江戸一番の医者になって、困っている人を助けたいと思ったのに。

駿は物心つく前に、父を流行病《はやりやまい》で亡くしていた。幼い頃より母一人子一人で生きてきた。父の記憶はほとんどない。

父は困っている人がいたら、放ってはおけない人だったそうだ。どこかに困っている人がいたら、わざわざ出掛けて行って、その人のためにできることをする。

父の話をしているときの母は、本当に嬉《うれ》しそうだった。

そんな母も、駿が十歳のときに、浅間山の噴火によって命を落とした。

激しく噴石が飛んでくる中で、涼のことを助けに行った。崩れた家屋から涼の身を庇《かば》って亡くなったのだ。

――父ちゃんと約束したんだ。駿を、父ちゃんみたいな子に育てるって。

母は駿にそう言って、涼を助けに行った。母の思いに応えるためにも、困っている貧しい人たちに寄り添えるような医者になりたい。

そう決意して江戸まで出てきたというのに、学問所に入所することも叶わなかった。

何もできない自分が情けない。

くるるるっ。腹の虫が鳴った。空腹が惨めな思いに追い打ちをかける。泣きたくなった。

「ちょっと待ってよ」

背後から腕を摑まれた。

驚いて振り返る。

「あなたは……」

先ほど駿のことを追い返した女子が、肩で息をしながら立っていた。

「見失ったかと思ったわ」

「すみません」

謝ることはないのだが、成り行きで詫びの言葉を口にする。

「どこへ行くつもりだったの？」

「どこへと言われても……、どうせ学問所には入れてもらえないのですから」

「あなた、梨庵先生の知り合いだったの？」

「はい。弟子にしていただきました」

「本当に梨庵先生があなたを弟子にしたの？」

「はい」

「嘘《うそ》なんかついたら、後でとんでもないことになるわよ」

「嘘なんかじゃありません。鍼灸医になりたいってお願いしたら、弟子にしてやるって」

「どうして、それを先に言わないのよ」

女子が眉間に深い皺《しわ》を寄せた。

「だって……」

言う前に追い返したのはそちらではないかと思うが、とても口に出せるような形勢ではない。何がどうなったのかも、よくわからなかった。

「もう、焦《じ》れったいわね。大森検校が呼んでいるの」

「どういうことでしょうか」

「どうもこうもないわ。杉坂鍼治学問所の第十五代師範を務めておられる大森検校が、あなたに会ってくださると言っているのよ」

「訳がわかりません」

「いいから、とにかくわたしと一緒に来なさい」

駿は女子に手を摑まれると、引き摺《ず》られるようにして、杉坂鍼治学問所へ取って返した。

三

「お待たせしました」

通されたのは、杉坂鍼治学問所で師範を務める大森富一《とみいち》の居室だった。広くはないが丁寧に手を入れられた庭に面した畳敷きの部屋だ。

駿は、畳の上になど座ったことがないので、どうにも尻の座りが落ちつかない。

程なくして、先ほどの女子に手を引かれて、富一が現れた。

慌てて平伏《ひれふ》す。富一が着座するのが、衣擦《きぬず》れの気配でわかった。

検校とは盲官に与えられた官名のことだ。

もちろん、江戸へのぼるにあたり、健史郎先生から講義を受けている。

その起こりは仁明《にんみよう》天皇の世まで遡るそうだ。

第四皇子《みこ》の人康親王《さねやす》は眼病を患ったことで僧門に入ったが、たいそうな琵琶《びわ》の名手であったことから、同じような盲人たちを集めて管弦《かんげん》（琵琶や笛）の手ほどきをした。盲人ながら芸に長じた彼らには、人康親王の没後に「検校」と、それに次ぐ「勾当《こうとう》」の官職が与えられた。

足利《あしかが》将軍家の世になると、盲人たちが互いを助け合うために作った琵琶や鍼灸などの集団が、幕府によって当道座《とうどうざ》として自治を認められる。

徳川将軍家の世でも弱者救済のために、幕府は盲人による当道座を手厚く庇護した。当道座における位階は七十三もあったが、検校はその最高位とされていた。

そして今、駿が目通りを許されたのが、検校の大森富一だった。

「上野国玉宮村の駿と申します」

駿は富一の前に平伏し、額を畳に押しつけたまま名乗る。緊張して声が震えてしまった。

「駿か。良い名だね」

「ありがとうございます」

駿は手をついたまま、礼の言葉を口にした。

「そのように畏まることはありません。どうぞ、面《おもて》をあげてください」

駿は、恐る恐る顔をあげる。

検校などというから、どれほど恐ろしい人かと思えば、女子のように色白で小柄な老人だった。人の好さそうな笑みを浮かべている。

富一の傍らには、先ほどの女子が固い表情のまま、控えるように座していた。

「もっとも、顔をあげてもらっても、わたしには駿の顔を見ることはできないがね。見ての通り、生まれついての目が不自由な身なのだ」

富一は、そうやって語りかけてくる間も、ずっと瞼《まぶた》を固く閉じたままだった。光の無い目だから開けないのか、そもそも瞼が開かないのかはわからない。

「でも、面をあげろって」

富一は駿に対して、顔をあげるように言ったばかりではないか。つまりは駿が平伏していることがわかっているのだ。

「目が見えないとね、これが不思議なもので、目が見える人よりもよくわかることがあるんだ。駿が気を張っている様子が手に取るようにわかった。それに声がわたしに向かってまっすぐにではなく、畳から跳ね返るようにして聞こえてきたからね。駿が平伏していることは察しがついたよ」

そういえば師匠の梨庵も、人や物が発する気を読むことができると言っていた。目が見えないはずなのに、暗い顔をしてどうしたと、声をかけられたことがあった。

「おっしゃることは、わかります」

「もっとも、わたしは偉いですからね。だいたいの人が平伏して待っている」

そう言いながらも、少しも偉ぶった素振りはない。

まるで親しい友垣に悪戯《いたずら》を明かすように、富一は柔らかに口角をあげ、肩を揺らした。

駿のために、あえて砕けた物言いをしてくれたことが伝わってくる。

「偉い御方の前だし、生まれて初めて畳の上なんかに座ったんで、なんだか尻が擽《くすぐ》ったくて」

駿も笑顔で富一に応じた。

が、頭を掻いている駿に、

「大森検校の御前で、何を馬鹿なことを言ってるんですか」

傍らの女子が目を吊りあげて言った。

「ごめんなさい」

駿はすぐに頭をさげる。

「咲良《さくら》。あまり厳しいことを言うもんじゃないよ。彼に悪気はないんだから」

富一が柔らかな笑みを湛《たた》えながら、咲良と呼ばれた女子を窘《たしな》めた。

「申し訳ございません」

咲良が素直に詫びる。

富一は駿のほうに向き直ると、

「駿とやら。田村検校、いや、梨庵殿からの推薦状は、たしかに受け取った。入門については、わたしが許す。もう、案ずることはない」

「ありがとうございます」

駿は、胸を撫《な》でおろした。

「うむ。それで、梨庵殿はどうされていらっしゃるのかな」

富一が穏やかな声で問いかけてきた。

「検校様は梨庵先生をご存じなのですか」

これにはすぐに返答はなく、富一と咲良は顔を見合わせ、一寸の間を置いてから二人同時に吹き出した。そのまま声をあげて笑いつづける。

もっとも、顔を見合わせたといっても、駿にそう見えただけで、富一に咲良の顔は見えていないだろう。

「いや。これは相済まぬ。笑ったりして、申し訳なかったな。どうか、気を悪くしないでくれ」

「それは大丈夫なのですが……」

気を悪くなどはしていないが、ただ、驚いているだけだ。

咲良の言によれば、杉坂鍼治学問所には毎日のように入門を望む者が訪れるとのことである。

その多くがはっきりとした紹介者もなく、身上も怪しいという。

駿も初めは、まともに相手にされなかった。

それがである。

紹介者が田村梨庵であるとわかった途端に、屋敷にあがれるどころか、師範である大森検校みずからが直々に会ってくれて、あっさりと入門を許してくれたのだ。

何が何やら、驚くことばかりだ。

「狐《きつね》に摘まれたような顔をしておるな」

「はい。たしかに狐か狸《たぬき》に化かされたような心持ちです」

駿の言い方が余程おもしろかったのか、富一はさらに大きな口を開けて笑った。

このように無邪気に笑う大人は、駿にとっては初めてで、どうにも戸惑ってしまう。

「案ずるな。わたしには尻尾《しっぽ》は生えておらぬ」

「すみません」

駿は頭を掻きながら、詫びの言葉を口にする。

「梨庵殿はな、この杉坂鍼治学問所において、門下生を指南されておられたのだ」

「えっ。ここの先生だったんですか」

駿は驚きに目を見開いた。

「それどころではないぞ。梨庵殿は当学問所において、随一の人望を誇り、講義も解しやすく為《ため》になると、いたく評判であった。数いる指南役の中でも、もっとも多くの門下生を抱えていたのだ。直々の弟子は数少ないが、講義を受けていた門下生は二百人をくだらないであろう。そこにいる咲良も、梨庵殿を慕う教え子の一人だ。のう、咲良よ」

「慕ってなどおりません。お酒と女にだらしない殿方は嫌いです」

咲良は首を左右に振ったが、表情は初めて見るほどに和んでいた。

「いつも後をついてまわっておったと聞いていたが」

「それは梨庵先生の鍼灸医としての才を認めてのことでございます。殿方としては、あれほどいい加減な人はおりません。いったい何度、お尻を撫でられたことか」

咲良が頬を膨らませ、眉尻を吊りあげる。

「それも梨庵殿なりの、触れ合い方なのであろう」

「大森検校様は、お人が好すぎますわ」

これには富一も、苦笑するばかりだ。

「駿よ。そのような訳でな、梨庵殿は当学問所にとって、代えがたい人物であられたのだ。わたしも齢《よわい》六十五を迎えた。元々、躰は丈夫ではない。本当ならば、師範を梨庵殿に托《たく》して、ゆるりと余生を過ごすつもりであったのだ」

それにしても富一が杉坂鍼治学問所の師範の地位を、梨庵に譲ることを考えていたことは、駿にとって信じがたいほどの驚きだった。

「本当に偉かったんだ。物乞いじゃなかった」

思わず口から言葉が飛び出す。

「んっ。なんですか」

「いえ、なんでもありません」

慌てて両の手のひらで、しっかりと口元を押さえた。

「梨庵殿は息災かね」

「はい。玉宮村の日《ひ》ノ出《で》塾という手習い所に居候をされており、近隣の村の百姓や前橋陣屋の侍の治療に当っておられます。どんな病も鍼と灸で立《た》ち所《どころ》に治してしまうと評判が広がり、わざわざ遠方より訪ねてくる患者も少なくありません」

「そうか。梨庵殿は評判が良いか。然《さ》もありなん。わたしも梨庵殿からは、学ぶことが多かった」

「大森検校様が梨庵先生からですか」

師範まで昇り詰めた人が、いったい他人から何を学ぶというのだろうか。

「うむ。駿は、真理とは如何《いか》なるものだと思うか」

突然の問いかけに、駿は答えに窮する。

「申し訳ございません。よくはわかりません。真理とは、真の道理と書きますので、唯一無二の正しき道ではないでしょうか」

額に冷や汗が滲んだ。

日ノ出塾での健史郎先生の講義を思い起こしながら、己の考えを素直に述べる。

「そうだね。わたしも医学を学びながら、真理とは正しき道であると考えてきた。だが、この道は、けっして一本道ではない。正しき道は唯一無二ではなく、幾通りもあるのだ」

「真理は、ひとつではないのですか」

失礼とは思いつつも、駿は思わず首を傾げてしまう。もちろん、富一には見えていないはずだが、その表情には駿の戸惑いを受け止めるかのような笑みが広がった。

「正しき道は、人の数だけある。それを教えてくれたのが、梨庵殿だった」

駿は己の内に落とし込むように、富一の言葉を繰り返す。

富一が、菩薩《ぼさつ》のような笑みを湛えながら、ゆっくりと頷《うなず》いた。

「梨庵先生は、なぜここを辞去されたのでしょうか」

「梨庵殿から、事の次第を聞いていないのか」

「ここにおられたことさえ知らなかったくらいですから」

「うむ。それもそうだな」

富一が胸の前で腕を組む。

「辞められたのは、何か理由があってのことでしょうか」

「梨庵殿が話されていないのであれば、わたしの口から言うのもどうであろうか。まあ、ここで学ぶことになれば、いずれ耳に入ることだろう」

含みのある物言いである。

「わかりました」

駿は、素直に頷いた。

「梨庵殿の紹介状には、駿の衣食の面倒も見るようにと書かれていた」

富一が、話の流れを変える。

「お恥ずかしながら、わたしは二親を亡くしており、頼れる縁故が知れております。江戸では、住むところにも事欠く次第でございます」

「わかった。当学問所に書生として住み込むことを許そう。先輩たちとの相部屋となるが、日々の暮らしには困らないだろう。構わぬな」

「ありがとうございます」

「うむ。ここでのことは、咲良に面倒を見てもらうと良い」

「なんで、わたしなのですか」

咲良が不満そうに声をあげた。

「これも何かの縁だ。助けてやりなさい」

「わかりました」

渋々ながらも、咲良が頷く。

富一が、

「講義は、朝五つ（八時頃）より昼餉《ひるげ》を挟んで昼八つ（十四時頃）まで受けてもらう。その後は西川《にしかわ》検校の往診を手伝いなさい。なあに、往診の手伝いといっても、道具箱を持って後をついて行けばいい。鍼灸医の仕事を、傍《そば》で見る良い機会だ。西川検校には、わたしから話を通しておきますから」

丁寧に教えてくれた。

「西川先生ですか！」

それに声をあげたのは咲良だった。

「おや、咲良は不服かね」

「そうではございませんが、何も西川先生でなくても、他に鍼灸医はたくさんいらっしゃいます」

駿にも、咲良の表情が強張《こわば》っているのがわかる。

「駿は梨庵殿の数少ない弟子の一人だ。当学問所の指南役で、もっとも腕の良い鍼灸医の傍で学ぶべきであろう。梨庵殿が去られた後、それは西川検校をおいて他にはいない」

「大森検校様がそうおっしゃるのでしたら、わたしからは何も申しあげることはありませんけど」

富一が駿に向き直った。

「それでいいかな」

「よろしくお願いします」

引っかかることがない訳ではないが、何かを言える立場ではない。

「梨庵殿が認めたお弟子さんだ。わたしも力になろう。しっかりとやりなさい。身のまわりで困ったことがあれば、なんでも咲良に相談すればいい」

「御恩に報いるように、精進いたします」

駿は、改めて深々と頭をさげる。畳の良い匂いが、鼻腔《びこう》を抜けていった。

「咲良さんは、おいくつなんですか」

駿は咲良について渡り廊下を歩きながら、その華奢な背中に向かって声をかけた。

肩幅の狭い細身の後ろ姿が、どことなく幼馴染みの茜《あかね》を思わせる。身丈もちょうど同じくらいだ。

茜は今頃、どこでどうしているのだろうか。

茜の父である村名主の荒井清兵衛《あらいせいべえ》は、一揆の企てを止めることができなかった咎により磔刑《たつけい》となり、屋敷や田畑を藩に没収されてしまった。残された茜の家族は逃散《ちょうさん》（夜逃げ）して行方知れずとなっている。

茜との待ち合わせ場所にしていた桜の古木の下で、互いの不安な気持ちを抑え込もうとするかのように口づけをしたのが、二人が会った最後になってしまった。

あれから、もうすぐ二年になる。安否が心配でならなかった。

「ちょっと、聞いてるの？」

「えっ」

咲良の声で我に返る。

後ろ姿は茜に似ていても、振り返るとまったく別人だ。だいたい、茜はこんなにきつい物言いをしたりしない。

「だから、わたしの年を訊いて、どうしようというのよ」

別に、何をどうしようという訳ではない。

これから何かと相談に乗ってもらうこともあるかもしれないので、仲良くなっておきたいと思っただけだ。

お互いを知るには、まずは年齢からだろう。若い女子と口をきくのになれていない駿としては、それくらいのことしか思いつかなかっただけだ。

「なんとなく、訊いてみたかっただけです」

素直に言葉にする。もっとも、これではさらに機嫌を損ねてしまうかもしれない。だが、他に答えようがなかった。

「十八よ」

「えっ？」

「だから、年は十八になるわ」

「そうなんですね。俺、十七ですから、咲良さんのほうがひとつ上ですね」

「十八にもなって嫁にも行かず、鍼灸医を目指して学問をしているなんて、変わり者だと思っているんでしょう」

「そんなこと、思っていません」

　本当は少し思っていた。

「いいのよ。別に気を遣ってくれなくても。どうせ、まわりのみんなだって、何を言ってるかわかりはしないんだから」

　江戸の事情は知らないが、玉宮村の女子は、十五、六の年頃となれば嫁に行くことが多い。余程の大地主の娘であるとか、躰が弱いなどの訳でもなければ、親類縁者の伝で嫁ぎ先が決まるものだ。

　それは百姓の女たちが、村にとって大切な働き手であるからに他ならない。

　男たちが鍬《くわ》で掻き均《なら》した田に、女たちが苗の植え付けをする。年貢によって田畑に縛り付けられている百姓にとって、田植えは女の大切な役目だった。

「せっかく江戸では田植えをすることもないんですから、女子だってやりたい仕事があるなら、それをやればいいんですよ」

先を歩く咲良が、突然立ち止まる。危うく、その背にぶつかりそうになった。

「あなた、それ、本心で言ってるの？」

「そうですけど」

「あなたこそ、変な人ね」

咲良の顔がなんだか笑ったように見えた。

「そうですか」

駿としては、己のどこが変わっているのか、まったく自覚はない。

「殿方というものは、女子は嫁に行くことこそが幸せであると疑わないものよ」

「どう生きるかは、人それぞれでいいんじゃないでしょうか。世の中には、なりたい自分があっても、思うままに生きられない人のほうが多いんですから……」

侍として生きようとして、志半ばで命を絶った涼のことが脳裏をよぎった。

村名主の娘として生まれながらも、今は行方知れずとなっている茜のことも思い出される。

「……自分らしくあることが、きっと一番良いんですよ」

「自分らしくか」

咲良が、駿の言葉を噛み締めるように繰り返した。

「生意気でしたね」

「ほんと、生意気よ」

今度は間違いなく、咲良は笑みを見せる。やっぱり笑顔だけは、ちょっとだけ茜に似ているかもしれない。

「すみません」

駿は頭を掻いた。

「ねえ。梨庵先生って、あなたにとってどんな師匠だったの？」

「どんなって……」

「梨庵先生があなたを弟子にしたんでしょう」

「そうですけど……」

駿は言葉に窮する。

「……まあ、弟子にはしていただいたんですけど、鍼灸について指南を受けたことは、実は一度もないんです」

「そうなの？　もったいない。じゃあ、なんの講義をしているの？」

「もっぱら、小川での岩魚《いわな》や山女《やまめ》の釣り方とか、山での平茸《ひらたけ》や松茸の見つけ方とか、美味しい筍《たけのこ》の掘り当て方とか――」

「えっ、梨庵先生が岩魚の釣り方を指南されているの？」

咲良が驚きに目を見開いた。

「違いますよ。俺が梨庵先生に教えてるんです」

「どういうことよ」

「梨庵先生は、病人がいると頼まれれば、陣屋の侍だけじゃなくて、玉宮村の百姓のところにも分け隔てなく往診に行かれるんです。侍とは違って、百姓は貧しくて銭のない者も少なくありません。それでも嫌な顔ひとつせず、丁寧に治療をされておられます」

「へえ、そうなんだ」

「それだけじゃないんです。日ノ出塾という手習い所に居候をされているので、ご自身の寝食には困らないのですが、往診のときに百姓に土産《みやげ》を持っていきたいと言われて、川魚の釣り方を教えろとか、茸《きのこ》はどこに行けば見つかるのかと、俺に訊いてくるんです」

「それであなたが梨庵先生に教えているのね」

咲良が愉快そうに小首を揺らす。

「師匠に言われれば、もちろん教えては差しあげましたけど、梨庵先生は目が弱いじゃないですか。本人は夢中で楽しんでおられましたけど、川魚なんて釣れる訳ないです」

「一匹も釣れなかったの？」

「仕方ないので、俺が釣った魚を梨庵先生の竿《さお》の針に掛けてやりました」

「どうせ、梨庵先生はわかっていらっしゃるわ」

ついに咲良がお腹《なか》を抱えて笑い出した。

「そうでしょうね。それでも往診した患者から治療代を取るどころか、川魚や茸の土産まで持参するんです。これを食べて滋養をつけなさいって言ってね。あんな風変わりな医者はいないって、村人はみんな言ってます」

「梨庵先生らしいわね」

「だから今では村中の百姓が、梨庵先生のことを慕っています」

「なんだ。やっぱり、ちゃんと講義をしてるんじゃない」

咲良が楽しげに口元を和ませる。

「どういうことでしょうか？」

「医者としての患者への向き合い方を教えてくださったのね」

「患者への向き合い方ですか」

「鍼を打つよりも、大切なことなんじゃないの」

咲良が、まっすぐに駿を見つめた。それから軽やかな足取りで、再び歩きはじめる。

「そうか。うん。そうですね」

駿は満面の笑みで頷くと、慌てて咲良の後を追った。

「ここが駿の部屋よ」

咲良の呼び方が、あなたから駿に変わっていた。

なんでもないことなのかもしれないが、頬が緩んでしまう。

襖《ふすま》を開けると、六枚の畳が敷かれた部屋があった。

「畳の上で寝られるんですか！」

玉宮村では、畳が敷かれた部屋を持つのは、村名主くらいなものだ。どこの家でも土間からつづく部屋は板敷きだった。

「みなさん、今日から同門になる駿よ。仲良くしてあげてね」

咲良が声をかける。

部屋の中には、三人の若者がいた。咲良の声に、一斉に顔を向けてくる。

「上野国玉宮村の駿と申します。みなさん、よろしくお願いします」

駿は膝を折ると、両手をついて挨拶をした。

「俺は惣吾《そうご》だ。よろしく頼むな」

すぐ手前に座っていた男が、物怖《ものお》じしない様子で笑顔を見せる。膝でにじり寄ってくると、いきなり駿の手を取り、手のひらの上に指先で「惣吾」と書いた。

「あ、ありがとうございます」

駿は初めてのことに少し戸惑ったが、杉坂鍼治学問所ではほとんどの門下生が盲人だと聞いていたので、こういうことも惣吾にしてみれば当たり前のことなのだろう。

「江戸に出てきたばかりの田舎者ですから、いろいろと教えてください」

「ふーん。玉宮村かぁ。百姓をしていたのかい？」

「はい。小麦を作っていました」

「俺は浅草の古着屋の五男坊だ。店は繁盛していて、まあそれなりに裕福なんだが、跡取り息子も五人目となると分家も他家への養子もままならねえ。親からは医者か僧侶か、どっちか選べって言われて、坊主は修行が辛そうだから、ここを選んだ」

なるほど。どうりで高価《たか》そうな着物を着ている訳だ。

それにしても、よく喋《しゃべ》る男だ。臆面もなく、自分から裕福であると口にしてしまうことにも驚かされた。

齢は二十を少し超えたくらいか。駿より頭二つほど身丈が高い。肩幅もしっかりとしていて、たしかに坊主というよりは、相撲取りにでもなったほうが似合っている。人懐っこい丸顔が、なんとも覚えめでたい。

「そうなんですか……」

「それに患者に鍼を打つなんて、なんだかおもしろそうだろう。駿は、そう思わないか」

「い、いやぁ。なんとも」

悪びれぬ物言いも、人が好さそうである。

そこまで聞いていた咲良が、

「惣吾さん。後のことはお願いしますね」

面倒臭くなったように、襖を閉めてしまう。すぐに足音が小さくなった。

「駿。おまえは目が見えるようだな」

「はい。見えます」

惣吾に問われて、駿は改めて三人を見る。

「この二人は、目が見えないんだ。手伝ってやらなきゃいけないこともあるから、駿が来てくれて助かるよ」

惣吾が二人に対して気遣いなく振る舞うことに戸惑いを覚えたが、そのような関係なのだろうと、受け流すことにした。

「俺の隣に座っているのが松吉《まつきち》で、神田《かんだ》の札差《ふださし》の一人息子だ。札差はわかるな……」

そう言って、自分のときのように駿の手のひらの上に指先で松吉と書いた。

駿は頷く。

世の中は武士が統べている。百姓は米を作って年貢として納めなければならない。

なぜそうなっているのか、世の理《ことわり》は駿にはわからない。

念願が叶って武士になった涼に尋ねたことがあったが、駿が納得できるような答えは聞けなかった。

百姓の家に生まれたというだけで、百姓は死ぬまで年貢として米を納めつづけなければならない。

その一方で、武士の家に生まれたというだけで、俸禄《ほうろく》をもらいつづけることができる。武士の中でも身分の高い知行取《ちぎようとり》は、己の知行地の百姓から年貢を徴収し、身分の低い禄米取は、知行地を持つ主君から俸禄として米を受け取っていた。

武士は知行米や禄米を受け取ると、己の家で食べる分を取り置いて、残りを商人に売って銭金に換えて生活していた。

この受け取りと換金を行っていた商人が、札差である。

身分の低い武士は俸禄も少ない。暮らし向きは困窮を極めた。禄米の支給は、二月、五月、十月の年三度であるが、これを待てずに札差に前借りをする武士も少なくなかった。

札差は高利の金貸しとなり、ここに武士と商人の立場は逆転することになった。

幕府が札差の株仲間を認めると、江戸では百人ほどが、知行米や禄米の売り買いを独占することとなった。

江戸におよそ二万二千人いる旗本や御家人の換金を、たった百人ばかりの札差が担ったために、莫大《ばくだい》な富を蓄えることになった。

札差に前借りをした武士の中には、借りた金が返せなくなり、代々伝わる家宝や刀を差し押さえられたり、無理な養子縁組で家を乗っ取られたりした者も少なくなかった。

「……松吉の親父さんは、相手が侍といえども、博徒を使って容赦のない取り立てをしていたらしい。たまりかねて娘を吉原《よしわら》に売ったり、腹を切ったりした侍もいたそうだ。借金で追いつめられた侍たちの恨み辛みが積もり積もってるって話さ」

「そんなこと……」

「さあ、本当のところはよくわからないけどさ。松吉は、どう思っているんだ?」

物吾に話を振られた松吉は、

「俺だってわからないよ。親父は親父で、俺は俺だからね」

まるで達観したかのように、穏やかに答えた。

「奥に座っている細くて気難しそうなのが川並新太郎《かわなみしんたろう》さん。いつも、眉間に皺を寄せて怖い顔をしているんだ。俺たちは、新《しん》さんって呼んでいる。駿もそう呼んでいいぞ」

今度は新太郎と指で書く。

「新太郎です。よろしくお願いします」

そう言って軽く会釈した新太郎の腰には、黒光りする鞘《さや》に納まった脇差が見えた。

物吾が駿の表情に気づいたのか、

「新さんは侍なんだ。旗本の家の惣領だったんだぜ。十五歳のときに流行病で失明して、跡取りを弟に奪われたんだ」

気の毒そうに言った。悪気はないのだろうが、気配りに欠ける。

「奪われたのではありませんよ。わたしから譲ったのです」

「どっちにしても、同じことじゃないか」

「同じではありません。わたしから望んでのことですから、天と地ほどに違います」

「旗本といえば、高禄なんだろう。親父さんの跡を継いでいれば、今頃は綺麗なお姫様を嫁にもらって楽しい暮らしをしていたはずなんだ。それが家を追い出されて、こんなむさ苦しいところで、俺たち町人と一緒に医学を学ぶはめになったんだ」

徳川家の直参には、旗本と御家人があった。

旗本とは、俸禄一万石未満で将軍への謁見が許される御目見《おめみえ》の家格の者を言う。

これに対して御家人とは、御目見が認められていない家格の家臣である。

一万石を超えると大名となり、徳川家の縁戚を親藩大名、関ヶ原《せきがはら》の戦いより前から徳川家に仕える者を譜代大名、関ヶ原の戦いより後に臣従した者を外様《とざま》大名と言った。

こういったことも、涼が侍として取り立てられたときに、詳しく教えてくれたことだ。

あのときは、まさか駿が江戸に出ることになるとは、思いも寄らなかった。

「ですから、追い出されたのではなく、わたしから家を出たのです」

新太郎が意地になって言い返す。

「そういうところだよ。どうにも侍ってやつは、面倒臭いんだよな」

「面倒臭くて、大いにけっこう。武士とは、いかなるときでも、面倒臭いものです」

正座して背筋をまっすぐに伸ばして、新太郎が小さく頷いた。

「本当だよ。新さんは特に面倒臭いよ。面倒臭いが、着物を着ているみたいだ」

「ああ。これぞ、武士の本懐と言えます」

二人とも、どこまでが本気で、どこからがふざけているのか、初めて会った駿には判断がつかない。

「あのー、杉坂鍼治学問所では、侍と百姓が寝起きを共にしてもよろしいのでしょうか」

駿は割って入るようにして、案じていたことを尋ねた。

これには新太郎が、

「ここでは侍も町人も百姓もなければ、男女の隔てもないんです。医学を極めんと欲する者は、誰でも学問を授けていただける。人に上下をつけるとすれば、それは学問への志の大小のみで判じます。己さえ精進すれば、誰もがなりたい己になれるのです」

胸を張るようにして答えた。

「なりたい己になれる」

「そうです」

「俺でもですか」

「それが杉坂鍼治学問所です」

四

駿は杉坂鍼治学問所に来て、二日目の朝を迎えた。

昨夜は夜更けまで、四人でお互いの身の上話を語りあった。

なんと旗本の長男の新太郎と札差の一人息子の松吉は、駿と同じ齢十七であることがわかった。

三人が同じ年の生まれということになる。まさに奇縁だ。これだけで嬉しくなる。

古着屋の五男坊の惣吾だけが齢二十一で、年長者であった。それで侍である新太郎に対しても、身分を気にせず、物怖じしない物言いをしていたのだ。

もっとも、惣吾についていえば、年齢というよりも、性分と言ったほうが良いのかもしれない。

だとしても、商人が武士に勝手気ままな態度を取るなど、田舎の農村では考えられないことだった。江戸という町の大らかさには、驚かされるばかりだ。

年若い男が四人で集まれば、身分だの出自だのと面倒なものはすぐに取り払われてしまった。

馬が合うというのだろう。いつしか駿も三人とは旧来からの友のように打ち解けていた。いくら時がすぎようとも話が尽きることはなかった。

本日からは、講義に出ることになった。

杉坂鍼治学問所では、四つの段階を踏んで学んでいくことになる。

初等教育は、齢十五から十八くらいまでの者に対して、鍼灸三年、按摩《あんま》三年、合わせて六年の歳月をかけて基本が伝授される。

駿は鍼灸のみを学ぶので、およそ三年を江戸で過ごすことを見込んでいた。その後は、梨庵のもとで修業することになっている。

中等教育は、齢二十八くらいまでの者に対して、杉坂流鍼学の高い技術が伝授される。

目録伝授は、齢三十二くらいまでの者に対して、杉坂流鍼学の極意が伝授され、免許皆伝によって後進への指南が許される。

奥義伝授は、齢五十くらいまでの者に対して、杉坂流鍼学の奥義が伝授され、検校として学問所を統べていくことになる。

駿は、朝五つより昼餉を挟んで昼八つまで、新太郎と松吉と一緒に講義を受けた。

学問所に置かれていた『医学節用集』を借り受け、これを字引としながら、必死に講義を頭に叩《たた》き込んだ。

『医学節用集』とは、古《いにしえ》より伝わる医学用語について、漢字に読み仮名を振ったものである。

学ぶことが楽しい。

玉宮村で手習い所に通っていた頃は、講義を受けていても居眠りをしていることが多かった。

涼が寸暇を惜しんで学んでいる姿を見ても、同じように学問に向き合おうという気持ちにはなれなかった。

今なら涼の思いがわかる。

涼は侍になって、年貢の取り立てに苦しんでいる百姓を救おうとした。なりたい自分の姿がはっきりと見えてさえいれば、越えなければならない山がどんなに高くとも、志をもって望むことができる。頂上を目指すにも、一歩の積み重ねがあってのことなのだ。

今の駿には、鍼灸医となって、貧しい人たちを助けたいという強い思いがある。

それでも涼がまさに身命を賭して戦ったようなことが、果たして自分にもできるかといえば、その答えはまだわからない。

——駿よ。いつまでも駿らしくあれ。

駿は懐に手を差し入れると、いつも大事にしまってある涼の手紙に指先で触れた。

「ここが西川先生のお部屋よ。もうすぐお見えになりますから、待っていてね」

咲良に案内された部屋で、駿は検校の西川間市《かんいち》を待つ。

間市は講義を終えた後、この部屋で休息を取り、それから夕餉の刻限まで往診に出掛ける。

往診できるのは、一日に一軒から三軒ほどだそうだ。数が少ないのは、それだけ重病の患者を診ているからだろう。

さすがは杉坂鍼治学問所でも三指に入る名医と言われている西川先生である。

駿は、そのような高名な医者の手伝いをさせてもらえることに、心から感謝した。これも梨庵先生の紹介があったからこそである。

「待たせたな」

五十がらみの体格の良い男が入ってきた。白髪混じりの総髪をひとつに束ね、濡羽色《ぬればいろ》の絣《かすり》の小袖に同色の袴と羽織を合わせている。まるで闇夜の烏《からす》だ。

駿は慌てて両手をついて低頭する。

「本日より、西川先生の往診のお手伝いをさせていただくように、大森検校様から申しつかりました。上野国玉宮村の駿と申します。鍼灸のことはまだ何も知りませんが、一生懸命に働きますので、どうぞよろしくお願いします」

これから三年、この医者のもとで鍼灸の極意を学ぶのだ。

駿は丹田《たんでん》に力を込め、思いを強くした。

「うむ。大森先生から、話は聞いておる。楽にしなさい」

許しが出て、駿は顔をあげる。

「あ、あなたは！」

駿は躰を凍りつかせる。

「ほほう。これは奇遇だな……」

間市が意味ありげに口角をあげた。

「……おまえが駿か」

「覚えていらっしゃったのですね」

皮肉交じりに返す。

「儂は一度聞いた声は忘れん。その小生意気な声は、とくに良く覚えておる。あの奥方は、あれからどうした。縁台で休んでいったか」

わかっていて訊いている。嫌味な奴《やつ》だと思う。

「いえ」

駿は悔しげに唇を嚙み締めながら、首を左右に振った。

「精気を取り戻し、本復して帰ったのではないか」

「はい……」

「なんなら、深川の泥鰌《どじょう》でも土産に買って帰り、夜は亭主と一杯やったのではないかのう。そうは思わぬか」

「そこまではわかりません」

「どうだ。儂の言った通りであったろう」

間市が自慢げに顎鬚《あごひげ》を弄《いじ》る。

「でも、西川先生が縁台を譲らなかったのは、患者の見立てではなく、団子が食べたかったからなんじゃないですか」

「如何にも」

「い、如何にもって、医者としてそれで良いのでしょうか」

駿は二歩ほど膝行《しっこう》して、身を乗り出した。

「何をいきり立っておる」

「別にいきり立ってなどいません」

「まあ、良い。いいか、よく聞け。たしかに儂は医者だ。鍼灸医として、名も知れており、参勤交代で江戸住みとなった大名や大店の商家にも呼ばれて脈を取る。儂が鍼を打ち、灸を据えれば、痛みに動けぬ者とて立ち所に歩くどころか踊り出し、高熱で死にかけておる者はそれを忘れたように歌い出す」

大した自信である。でも、本当に言うだけの器量はあるに違いない。

「ならば、あのとき……」

「だがな。それは儂が医者として、患者を診るときのことだ。患者が金を払えば、儂は医者となる。だが、あの団子屋の前で、奥方は金を払ったか」

「払ってなどおりません」

「で、あろう。ということは、あの折の儂は医者ではなかった。団子屋の店先で団子を頬張る爺《じい》さんに過ぎぬ。ならば、縁台を譲ることもなかろう」

間市の言っていることが信じられない。

医者はいつ如何なるときでも医者であるはずだ。

「西川先生は、銭を払わない人は患者ではないと申されるのですか」

「知れたことよ。儂は子供の遊びで鍼を打っているのではない。見立てを誤り、間違ったツボに鍼を入れれば、患者は死ぬかもしれぬ。そうなれば、四十年にわたって医学を学び、今日まで築きあげてきた儂の地位も評判も、すべてを失うことになる。それどころか、儂は咎人として獄中に繋がれることになるやもしれぬ」

「それでも、医は仁術であると梨庵先生から教えていただきました」

間市が鼻で笑った。

「おまえは梨庵殿の新たな弟子だそうだな」

「そうです」

「医は仁術か。梨庵殿の口にしそうな言葉だ」

「いけませんか」

「温《ぬる》いわ。そんなことを言っているから、梨庵殿は江戸から所払いになったのだ」

「梨庵先生が、どうして江戸を追われたのかは存じません。でも、梨庵先生のことをわたしは信じております」

「うむ。まあ、それも良いだろう。だがな、おまえは今は儂のもとで見習いとなったのだ。学ぶべき相手は、梨庵殿ではなく儂だ。違うか」

「違いません」

それでも、間市の言葉に得心することなどできない。何かが違うと思うが、今の駿には言い返すことができなかった。

「では、往診に参るぞ。道具箱を持ってついて来なさい」

間市が立ちあがった。

五

往診の一軒目は、吉見屋《よしみや》という人形町《にんぎょうちょう》の大店の呉服屋だった。

暖簾《のれん》が垂れる暇もないほどに、引っ切りなしに客が出入りしている。

現金掛け値無しの店だ。

江戸でも、このような商いをする店がかなり増えてきているらしい。

呉服のような高値の品は、掛け売り（ツケ払い）が常である。

客は店で品を見定め、後で家に届けてもらう。あるいは、そもそも店ではなく、家に何点かの反物を持ってきてもらい、その中から品を選んで仕立ててもらうのだ。

家を知られているので、夜逃げでもしない限りは代金を踏み倒すことはできない。

店のほうはできるだけたくさんの品を買ってもらいたいので、代金は盆と暮の節季払いとして台帳に記すだけだ。次々と品を届ける。これが掛け売りである。

半年ごとの金利、夜逃げをする客の損金、さらには家まで品を届ける奉公人を雇う給金も、すべてを元値に上乗せしているので、かなりの高値になってしまう。

これをすべてやめて、現金掛け値無しの商いをはじめたのが、三井高利《みついたかとし》がはじめた越《えち》後屋《ごや》だ。

すべての品を現金支払いのみで商いし、それも店先でわたしたのだ。これなら金利も夜逃げの心配もなく、奉公人の数も少なくて済む。そのかわりに店での売値を格安にしたのだ。

人々は争うように、越後屋の安値の呉服を買い求めた。越後屋の商いは大成功し、その後、これを真似《まね》た店が江戸や大坂に広がった。

吉見屋もそんな店のひとつのようだ。

「西川先生。お待ちしておりました」

往診の刻限が決まっていたのだろうか。前掛けをはずした番頭が、店先で出迎えてくれた。

「お嬢様たちの様子はいかがかな」

「それはもう、西川先生のおかげで、姉妹揃《そろ》ってご機嫌でございます」

「うむ。それは何よりであるな」

間市が満足そうに相好を崩す。

姉妹が二人とも病を患っているのだろうか。

重病では治療代も高くつくだろうが、これほどの大店であれば、間市のような高名な医者を呼ぶこともできる訳だ。

すべては金次第ということになる。

駿は、間市の見習いとなって、早速にも世の裏側を見せられた気がした。

間市が屋敷の中へと通される。駿は道具箱を持って、黙って後をついていった。

「西川先生。お待ちしておりましたわ」

奥の襖が開いて、背筋をピンと伸ばした四十くらいの女性が、零《こぼ》れんばかりの笑顔で間市を出迎える。

「これは女将。今日はご在宅であったか」

声をかけられた女将は、匂い立つような裾捌きで、そっと間市に歩み寄り、その手を取って奥へと誘《いざな》った。

なるほど、これが大店の女将の身の処し方なのか。息をして、廊下を歩くだけで、人としての貫禄を感じさせる。

駿にはわからないが、着ている着物も、さぞかし高価な物なのだろう。

新鮮な驚きがあった。玉宮村では、このような女性は見たことがなかった。

座敷に足を踏み入れると、これまた煌《きら》びやかな着物に身を包んだ妙齢の女子が二人、にこやかに笑みを浮かべながら座していた。

息を飲むほどの美しさは、さながら雛《ひな》人形でも見ているみたいだ。

姉のほうは駿と同じくらいで、齢十七、八というところか。妹のほうは、もうふたつかみっつほど下だろう。

「西川先生。本日もよろしくお願いします」

姉妹が声を合わせて頭をさげる。よく似た顔を見合わせて、鈴を鳴らすように笑い合う様子は、まるで鏡を見ているようだ。

「任せておきない。儂の鍼で、江戸一の、いや、日の本一の美女にしてやろう」

間市が姉妹の前に膝を折ると、顔を寄せて覗き込んだ。

「先生。お顔が近いわ」

姉が頬を赤らめる。

間市は、小僧が運んできたたらいの湯で丁寧に手を清めると、手拭いで水気を拭った。

「儂は目が不自由だからな。顔をよく近づけねば、鍼を打つツボが見つからないだろう」

駿が聞いたこともないような猫撫で声をかけながら、間市が姉の頬に触れる。

老人の皺だらけの指が擽《くすぐ》ったいのか、姉は躰をよじるように揺らしながら笑い声を堪《こら》えていた。

「娘たちばかりが西川先生の鍼で綺麗になって狡《ずる》いわ。今日はわたしも美容鍼を打っていただきましょうか」

女将が年甲斐《としがい》もなく、少女のように媚《こ》びた声で言った。

「女将のような良い女に美容鍼を打てば、二十は若返ってしまうぞ。店の客からは、母娘《おやこ》ではなく、三姉妹だと勘違いされてしまうが、それでもかまわぬか」

「まあ、西川先生ったら、お口がお上手だこと」

「何を申す。わたしは医者だ。医者は真の言葉しか口にしないものだ」

間市も歯の浮くような台詞《せりふ》で、話を合わせる。なんという茶番を見せられているのだろうか。

「西川先生。美容鍼とは、如何なるものでしょうか」

駿は、間市に尋ねる。

薄々はわかりかけていた。それでも問い質《ただ》さぬ訳にはいかない。

「そうか。おまえには教えていなかったな」

間市が駿に向き直った。その声は、女将や娘たちに相対するときとは、別人のように冷たいものに戻っている。

「こちらの方々は、患者ではないのですか」

駿の問いかけに、何をつまらないことを訊くのかという顔で、間市が眉根を顰《しか》めた。

「吉見屋さんは患者ではない。お客様だ」

「病を患ってはおられないということですか」

「如何にも。顔のツボに鍼を打つことで、肌が引き締まり、潤い、艶や輝きが増すのだ。あるいは女将のように、頰のたるみを取り、皺を減らして、少女のように若返らせることもできる。これを儂は勝手に美容鍼と呼んでおる」

なるほど、それで美容鍼などというものは聞いたことがなかったのだ。

「やだわ、わたしのことを引き合いにして」

女将が科《しな》を作って笑いかける。

「西川先生のような名医でおられるならば、重い病に苦しむ患者を治療したり、躰から痛みを取り除いてやることも難しいことではないはずです」

「そんなことはわかっておる」

「でしたら、西川先生の鍼は、病に苦しむ患者にこそ、打たれるべきではないでしょうか」

出過ぎた真似であることは、百も承知である。しかも、女将や娘たちの前である。それでも口をついて出た言葉は、途中では止められない。

「誰に鍼を打つべきか、儂に考えよと申すのか」

「お願いしているのでございます」

「何故、そう願うのだ」

間市が、道具箱から取り出した鍼を手拭いで拭く手を止めた。

皺に埋もれた細い目で、睨むように駿を見つめた。

間市の目は、ぼんやりとしか見えないと聞いていたが、鋭い眼差《まなざ》しを向けられると、とてもそんな風には思えなかった。ゾッとして背筋が凍るようだ。それでも駿は、立ち向かうように己の思いを口にする。

「わたしは、二親を早くに亡くしました。父は流行病で、母は浅間焼けで噴石の下敷きになったのです。孤独となったわたしを引き取ってくれたのは、隣に暮らしていた幼馴染みの涼の家族でした。涼の家だって、貧しい小作人です。子供を口減らしに売り飛ばす親も珍しくないような飢饉つづきの農村で、いくら親戚だからといっても、他人の子を引き取るのは覚悟のいることだったと思います」

「泣かせる話ではないか」

言葉は優しげだが、間市の表情は強張ったままだった。

「涼の母親は躰の弱い人で、食が細く、病がちで、長いこと床から離れられませんでした。いよいよ病が重くなったときでも、町の医者は往診に来てくれませんでした。銭がなかったからです。涼と二人で駆けずりまわって医者を探しましたが、誰に頼んでも、銭を持って来いと言われただけです」

「医者は銭を受け取り、患者を治療する。当たり前のことを言っただけだ。それで文句を言われたのでは、逆恨みというものだろう」

「そうかもしれません。でも、只《ただ》一人だけ、涼の母親を診てくれた医者がいました」

「なるほど、それが梨庵殿であったか」

駿は頷く。

「梨庵先生は、こうおっしゃいました。医は以て人を活かす心なり。故に医は仁術という。疾《やまい》ありて療を求めるは、唯《ただ》に、焚溺水火《ふんできすいか》に求めず。医は当《まさ》に仁慈の術に当たるべし、と。そして、こうも言っておられました。病とは目で見るものではなく、患っている人を助けたいと思う心で診るものなのだ。これを医術という、と」

「相も変わらず、梨庵殿らしいな」

間市が苦笑いを浮かべた。

「わたしは梨庵先生のような方こそ、立派なお医者様であると思っています」

駿は、間市を睨みつける。

「何故、そう思うのだ」

「医術は、人を幸せにするために使われなければならないからです」

「ほほう。儂の鍼が人を幸せにはしておらぬと申すか」

間市が口元を歪《ゆが》めた。

「申し訳ございませんが、わたしにはそう見えます。西川先生が診るべき患者は、もっと他にいるのではないでしょうか」

女将や姉妹たちの前で言うべきことではない。わかってはいたが、憤る思いにより、口を出る言葉が止まらなかった。

「そう思うのは、おまえが本当に見るべきものを見ておらぬからだ。目が見えるということは、ときとして不自由なものよ」

間市が吐き捨てる。

「何が見えていないのでしょうか」

「では、教えてやろう。こちらの吉見屋さんがどういう商家であるか、おまえは知っているのか」

「現金掛け値無しで商いをしている大店の呉服屋です」

店先に現金掛け値無しと染め抜かれたのぼり旗が風に揺れていたのを、見逃すような駿ではない。大勢の客が途絶えることなく出入りもしていた。

軽井沢宿での商いで、学んだことを忘れてはいなかった。

「百姓の出だとは聞いていたが、多少は商いの心得もあるようだ。吉見屋さんは、さぞや繁盛しているだろうと見立てたのだろう」

「その通りです」

図星だった。見事に駿の考えを見抜かれている。

「だが、おまえは、吉見屋のご主人の久左衛門《きゅうざえもん》さんが流行病で急逝されたばかりであることは知るまい」

「えっ？」

駿は、自分でも己の顔色が変わったことに気づいた。

「三代目として先代から吉見屋を引き継ぎ、ここまで店を大きくしたのは、すべてが久左衛門さんの手腕によるものだった。それがある日突然、病で亡くなられたのだ。さらに葬式で店が揺れている間に、先代から仕えていた大番頭の伝助《でんすけ》が、五百両の金を持ち逃げした」

「ま、まさか……」

「番所には届けたが、大番頭は行方知れずのままだ。無論、五百両は戻ってきてはおらぬ。誠に残念なことに、吉見屋には跡取りとなる男子がおらぬ。久左衛門さんが残された子は、ここにいる娘二人だけだ。店の主《あるじ》は亡くなり、大番頭には逃げられ、頼りになる跡取り息子もいない。このままでは店は潰れて、一家は首を縊《くく》るか夜逃げをするしかないだろう。奉公人たちを路頭に迷わせる訳にもいかず、娘二人を吉原に売るしかないのかと、女将が夜ごと枕を涙で濡らし、心労で倒れようかというところに、日本橋の近江屋《おうみや》という大店から、二十歳《はたち》になる長男の嫁に、吉見屋の姉妹のどちらかをもらえないかという縁談が持ち込まれた。近江屋と言えば、海産物問屋としては、江戸で一、二を争う老舗《しにせ》だ。もしも縁談が纏《まと》まれば、吉見屋の立て直しに千両の金子を用立てても良いという、なんともありがたい申し出がついていた」

「そんなことがあったのですか」

駿は、己の手の指先が、かすかに震えているのに気づく。

「折を見て、近江屋の主が吉見屋を訪ねて来るそうだ。姉妹の器量を見定めた上で、正式に縁談を進めるかどうか、考えることになるのだろう」

「それで美容鍼を……」

「娘が老舗の大店に嫁にいって幸せになり、そのお陰で吉見屋も潰れずに済むか、それとも店が潰れて一家で夜逃げをするか。わかるか。すべてが娘の器量にかかっているのだ。故に少しでも美しくありたいと、儂の鍼に頼ったのだ。それでもおまえは、儂の鍼が人を幸せにしないと申すのか」

「そ、それは……」

そのような事情があろうとは、思いも寄らなかった。

完膚なきまでに打ちのめされた。駿は、己の浅はかさが情けなかった。たしかに間市の言うとおりだ。自分には何も見えていなかった。

「生意気な口をきいて、申し訳ありませんでした」

「うむ。それがわかれば良いのだ。この娘たちに鍼を打ってやっても良いかな」

「わたしからも、どうかよろしくお願いします」

駿は、両手をついて頭をさげる。

間市が深く頷いた。

――ああ、これで姉妹は幸せになれるし、吉見屋の使用人たちも助かる。

安堵《あんど》した駿は、姉妹の顔に順に目をやった。姉妹の笑顔が、一家で夜逃げをして行方知れずとなっている茜の記憶と重なる。

もう、茜のように女子が不幸になるのを見たくなかった。心から良かったと胸を撫でおろした。

間市が表情を和らげると、鉞を持って姉妹に向き直る。

その刹那、襖が開けられ、二人の男が座敷に入ってきた。

「いやぁ、西川先生。本日もご足労いただき、誠にありがとうございます。我《わ》が儘《まま》な娘たちにお付き合いいただき、いつもながら感謝しております。この後は、いつもの店に席を設けてありますので」

それに答えるように、

「あら、あなた。今夜も西川先生と吉原遊びですか」

女将が眉尻を吊りあげる。

「わたしは、西川先生に夕餉を召しあがっていただきたいだけだよ。そうだろう、伝助」

「はい。けっして芸者遊びなんかではございません」

伝助と呼ばれたもう一人の男が、そう言ってしまってから、ハッとしたように慌てて両手で口元を押さえる。

「やっぱり吉原じゃないですか。まったく殿方はちょっと目を離すと、すぐに色に走るんだから。ねえ、西川先生。うちの人に、女遊びができなくなる鉞を打ってやってくださらないかしら」

「そのようなツボがあったら、まずは儂が己に打たねばならぬな」

「もう、先生ったら」

そこで皆が声をあげて笑った。

「ちょっと待ってください。こちらの方たちは、どなたでしょうか」

駿は間市に尋ねる。

「吉見屋のご主人の久左衛門さんと大番頭の伝助さんだ」

「ど、どういうことですか！」

駿は思わず声を荒らげた。

「どうかしたのか」

一方の間市は、狼狽《ろうばい》する駿を他所《よそ》に何食わぬ顔をしている。

「久左衛門さんは亡くなったって。大番頭さんは五百両を持ち逃げしたって」

「あれは、儂の作り話だ」

「嘘だったんですか」

「ああ、そうだ。さっき思いつくままに、でまかせを言った」

間市がおもしろそうに、頬を揺らした。

「また、わたしを騙したんですね！」

やれやれといった表情で、間市が眉を持ちあげる。

久左衛門も女将も、このような間市の戯《ざ》れ言《ごと》には慣れているのか、お互いに顔を見合わせて、笑いを嚙み殺していた。

「それがどうかしたか」

「酷《ひど》いじゃないですか」

「酷いのは、おまえのほうだ」

「どうしてですか」

「おまえは初めは、そこの娘に美容鍼を打つことは医者のすることではないと申した。ところが、実は娘に事情があるとわかると、手のひらを返して、打ってやってくれと儂に頭をさげた。たしかに此度《こたび》の話はすべて儂の作り話だった。だがな。目の前にいる患者は誰もがそれぞれの事情を抱えているのだ。次に別のところで向き合う娘は、儂やおまえが知らぬだけで、本当に父親が死に、番頭が金を持ち逃げしているのかもしれない」

「それは詭弁《きべん》です」

「ああ、そうだ。おまえの言う通りだ。だがな、医者は所詮は医者であって、神でも仏でもない。儂は医者として、金をもらって患者を診る。それだけのことだ」

駿は歯を食いしばって、拳を固く握り締めた。

「違うのです」

「なんだと」

「わたしがなりたい自分は、そんなんじゃないんです」

「今一度言う。おまえは騙されたのではない。目の前にあるものから、みずから目を逸らしたのだ。人間は、己が見たいと思うものしか見ようとせぬ。それでは本当に見るべきものを見ることはできぬのだ」

間市の言っていることは、正しいのかもしれない。

それでも、それを認めたくなかった。

第二章

最後の鍼

一

ケキョケキョケキョ。

軽やかな調子で、鶯《うぐいす》が歌うように鳴いている。

庭の鹿威《ししおど》しの水を飲みに来ているようだ。

梅香る昼下がり。真綿のように柔らかな陽光が、優しげに頬を撫でる。

駿が杉坂鍼治学問所に来て、三日目になる。

「何、こんなところで油を売っているのよ」

広縁の陽だまりでぼんやりしていた駿は、バンッといきなり背中を平手で叩かれ、

「うっ」

顔をしかめて振り返った。

咲良が両手を腰に当てて、嬉しそうに微笑《ほほえ》んでいる。

「なんだ、咲良さんか」

「何よ、その言い方。なんだってことはないでしょう。駿らしくないじゃない。惚けたみたいにぼんやりしちゃって、口を開けっぱなしだから涎《よだれ》が垂れているわよ」

「放っておいてくださいよ。だいたい、俺のことなんて良く知らないくせに」

駿は慌てて手の甲で口元を拭った。

「聞いたわよ。昨日は西川先生に食ってかかったんですってね」

吉見屋の一件を、すでに咲良は知っているようだ。

「なんか、楽しそうですね」

「そりゃあ、そうよ。あの金の亡者に一矢報いた門下生なんて、今まで一人だっていなかったんだから。なかなかやるじゃない。少し見直したわ」

「誰からそんないい加減な話を聞いたんですか」

「西川先生が昼餉のときに、若い講師の先生たちに話したみたい。講習所のどこでも、その話で持ちきりよ」

兎角《とかく》、こういう話には尾ひれがつくものだ。至る処《ところ》でおもしろおかしく話題になっているのだろう。

「一矢報いるどころか、俺のほうが弁慶《べんけい》の仁王立ちよろしく、無数の矢を受けて満身創《まんしんそう》痍《い》ですよ」

「弁慶は満身創痍どころか、立ったまま死んじゃったのよ」

「もはや立ち往生の心持ちです」

「まあ、大袈裟《おおげさ》ね」

「せっかく講習所で一、二を争う名医に見習いでつけていただいたのに、初日にしてお役御免ですからね。そりゃあ、いくら能天気な俺でも気落ちしますよ」

駿は、大きく溜息を吐いた。

「なんだ。能天気という自覚はあるのね」

「おかしな揚げ足を取らないでください。これでも本当に参っているんですから」

突然、咲良が屈《かが》むと、手を伸ばしてくる。細く白い手のひらが、駿の額に押し当てられた。先ほどまで水仕事でもしていたのか、ひんやりと冷たい。

「どうやら熱はないようね」

「ね、熱なんか、ありませんよ」

咲良の手を振り払う。

「妙に大人しいから、心配しちゃったじゃない。熱があったら、わたしの練習がてら、鍼を打ってあげようかと思ったのに」

「咲良さんの練習相手なんて、怖いから嫌ですよ」

「あら失礼ね。わたしの鍼は痛くないって評判なのよ」

咲良が眉根を寄せて、プクッと頬を膨らませた。

「それは咲良さんが怖くて、誰も痛いって言えないだけですよ」

「なんですって。本当に痛いか痛くないか、今から鍼を打ってあげるから、自分で確かめるといいわ」

「だから、嫌ですって。それより俺に何か用ですか」

駿は項垂《うなだ》れたまま、咲良に問い返す。何を言われても、やる気が起きない。

「西川先生が探していたわよ」

「嘘ですよ。俺はお役御免なんですから」

「西川先生がそう言ったの？」

「そうではないけど、患者さんの前で、あれだけ生意気な口をきいたんですよ。そうに決まってます」

駿は唇を尖らせた。

「西川先生は、そうは言ってなかったわよ。往診に行くのに、どこに行ったんだって怒ってた。それでわたしに探してこいって」

「本当ですか」

駿は顔をあげる。

「早く行かないと今度こそ、本当にお払い箱になっちゃうわよ」

「俺、行ってきます」

駿は勢いよく立ちあがった。

「今日はかなり歩くぞ。心してついて参れ」

学問所の門を出た間市が空を見あげる。

薄墨色の雲が広がっていた。

無論、間市に見える訳がないのだが、駿もつられるように空に目をやる。

「はい」

駿は寒空を視界から掻き消すように大きな声で返事をすると、襟元を深く合わせた。

右手で目の悪い間市の手を取り、左手で道具箱を持って歩く。

桐《きり》で作られた道具箱は、さほどの目方はない。納められているのは、長さや太さが様々な鍼が百本ほどと、灸を据えるためのもぐさだけだ。

「儂一人ならば、駕籠を使うところなのだがな」

間市が一人で往診をしていたときは、駕籠を使うことも少なくなかったに違いない。

目が不自由ということもあるが、高額な治療代を取っているからできることだ。

見習い門下生である駿に駕籠を使わせる訳にはいかないので、二人して徒《かち》にて往診をすることになった。

間市は、当てつけるように愚痴を言うが、さりとて昨日のことがあったにもかかわらず、今日も駿に道具箱を持たせている。

「わたしが西川先生のお供をさせていただいても、よろしいのでしょうか」

改めて問いかけた。

「儂が嫌いか」

「えっ？」

「かまわぬ。嫌いなら嫌いと、正直に申してみよ」

あまりにも遠慮のない物言いである。ならば、駿も正直に向き合うべきだと覚悟の思いが湧き起こった。

「お許しをいただきましたので言わせていただきますが、わたしは先生のような医者にはなりたくありません」

間市が立ち止まる。振り返って、まるで駿の顔を覗き込むかのように顔を近づけてきた。駿も足を止める。本当は目が見えているのではないだろうか。

「はっきりと申す奴だな」

ああ、またやってしまった。

自分でも損な性分だと思う。

間市は杉坂鍼治学問所の中でも、三指に入る名医と言われている。

本来ならば、入門を許されたばかりの駆け出し門下生である駿など、傍に近づくことさえできない。

それが師匠の梨庵の紹介があったために、大森検校の格別な計らいにより、道具箱を持って往診のお供をすることを許されている。

これは恵まれた機会なのだ。にもかかわらず、それを台無しにするようなことを自分からやってしまう。

「申し訳ありません」

「そうか。儂のような医者は認めぬか」

今さら足掻《あが》いても仕方がない。

「はい」

まっすぐに間市の目を見て言った。

「歯に衣着せぬ物言いだな。馬鹿正直にも程がある。少しは遠慮というものができんのか。おまえも江戸に出てきたのだから、利口な身の処し方を覚えたほうが良いぞ」

「ご指南いただき、ありがとうございます。でも、わたしは田舎者ゆえ、不器用にしか生きられません」

ここまで来れば、もう意地である。

が、そんな駿の言葉にも、間市は怒るでもなく、

「あくまでも己を通すか」

むしろ愉快そうに口角をあげた。

「西川先生は、なぜ、わたしの役目を解かれないのでしょうか」

「わからん」

即答だった。一寸の思案もない。

「わからんって、そんな……」

「たしかに、おまえは生意気だ。馬鹿で阿呆《あほう》で役立たずだ。おまけに石頭で融通も利かず、器量も甲斐性も感じられない。医者のイロハも知らぬ青二才の癖に、儂のやることにいちいち文句を垂れる。儂もおまえのような奴は大嫌いだ」

間市とは、出会いからして最悪だった。とは言え、いくらなんでも酷い言われようだった。どれも言い返すことはできないが、それにしてもここまで言わなくてもと啞然《あぜん》としてしまう。

「でしたら、さっさとわたしの役目を解かれればよろしいではないですか。西川先生のお供を望む門下生は、他にいくらでもいるはずです」

「ああ、だろうな。今までの儂ならば、一日目にして放り出しておるわ」

「でしたら……」

「おもしろいと思ったのだ」

「意味がわかりません」

「おまえは、儂のような医者にはなりたくないと言った。それが梨庵殿には弟子入りしたという。よりにもよって、儂が嫌いな梨庵殿の弟子だ」

「梨庵先生がお嫌いなのですか」

「ああ。嫌いだ。嫌いも嫌い、大嫌いだ。彼奴《あいつ》の名前を聞いただけでも虫唾《むしず》が走る」

「あちらも、同じ思いだと思いますけど」

心の声が漏れた。

「何か言ったか」

「いえ、なんでもございません」

「とにかくだ。梨庵殿の弟子であるおまえを、儂の一番近くに置いておくことにした。儂の鍼灸医として仕事の一から十までを、おまえに見せてやる」

「それでどうなるのでしょうか」

「鍼灸医とは如何なるものであるか。少しはおまえにもわかるだろう」

そう言うと、間市は駿を引き摺るようにして再び歩きはじめた。

二

大川橋《おおかわばし》（吾妻橋《あずまばし》）をわたって右手に浅草寺《せんそうじ》を見ながら、さらに道を急ぐ。

この辺りは右も左も寺社ばかりだ。

駿は物珍しくて、歩きながらも首が定まらない。

「余所見《よそみ》をしていると、己の足に躓いて転ぶぞ。おまえが転んで怪我《けが》をするのは構わぬが、儂まで巻き込まれては適《かな》わぬからな」

間市に叱られた。

「こんなにたくさんのお寺を見たのは、生まれて初めてです」

それでも日光《にっこう》街道を突っ切り、上野寛永寺《うえのかんえいじ》山内を過ぎた頃には、彼方此方《あちこち》に田畑が広がりはじめる。

日本橋や浅草の賑わいが嘘のように、静かな風景が広がっていた。同じ江戸府内とは思えぬほどである。

田畑や雑木林の他に、大名の江戸下屋敷や商人の別宅など、趣のある大小の屋敷が点在していた。

「今日の往診はここだ」

小さな竹藪《たけやぶ》を背にして、小振りな一軒家が建っている。

間市は勝手知ったる様子で門をくぐると、板戸を開けて家の中に入った。

駿も後につづく。

竈《かまど》と水瓶《みずがめ》が置かれた土間で草履を脱ぐと、声もかけずにあがってしまった。

障子を開ける。

六枚の畳を敷いた部屋が縦に二間並んでいた。奥の部屋に布団を敷いて、女性が寝ている。

「ああ、西川先生」

女性が上半身を起こそうとするが、

「お駒《こま》さん。そのままで良いから」

間市が手の仕草で押し止《とど》めた。

「すみません」

お駒と呼ばれた女性は、元々その気はなかったのか、すぐに起きあがることを諦める。

年の頃は二十七、八というところだろうか。

駿にはよくわからないが、実のところはもっと若いのかもしれないし、年を取っているのかもしれなかった。

死人かと見紛うほどに色が白い。色白というのではなく、肌の色が抜けているのだ。

首も手も骨に皮が纏《まと》わりついているだけで、枯れ枝を思わせるほどに細かった。

まるで死臭がするようだ。死期が近い。医術に無知な駿でも、一目見てわかるほどだ。

にもかかわらず、目を背けることができない。

美しいのだ。言葉に言い表せぬほど、妖艶な雰囲気を醸し出している。

「具合はどうかね」

駒の折れそうな手首で脈を取りながら、間市が静かに尋ねた。穏やかに、そして優しげな問いかけだ。

「西川先生の鍼と灸のお陰で、ここのところとても気分が良いのです」

耳朶《じだ》に馴染むような柔らかな声だった。

「それは良いことだな。昨夜の夕餉は何を食べたのかね」

駒は答えず、微笑み返しただけだ。

時を合わせるように、障子が開いた。

外出から帰ったようで、老婆が部屋に入ってくる。買物に行っていたのか、手にした竹笊《たけざる》には、形の良い豆腐がのっていた。

「西川先生。ご苦労様でございます」

齢七十は超えていそうに見えるが、老いてなお矍鑠《かくしゃく》とした様子は、駒よりはるかに元気であることを窺わせる。

「ふじさん。お駒さんは昨夜の夕餉は食べていないのか」

「ご用意はしたのですが、ほとんど口をつけていただけなくて……」

ふじは申し訳なさそうに、頭をさげた。

「わずかでも良いから、食事はきちんと食べさせるようにと、いつも言っておるではないか」

間市の口調に厳しさが混じる。

「ふじさんを叱らないでください。せっかく用意してくれたのに、食べなかったわたしがいけないのですから」

心から詫びるように、駒がか細い声でふじを庇った。

間市が駒に向き直る。

「病は医者が治すのではない。医者は、生きたいと強く思う患者を手伝っているだけだ。お駒さんが気持ちをしっかりと持たないのであれば、儂にできることは何もない」

「申し訳ありません。これからは、きちんと食べるようにします」

「うむ。それが良い。では、今日の治療をはじめることにする」

「よろしくお願いします」

間市が羽織を脱いだ。

駿は、立ちあがると、ふじを手伝って湯を沸かしに行く。

湯が沸きあがると、借りたたらいにあけ、駒の枕元で座する間市の脇に置いた。

「おまえは、読み書きはできるのか」

「齢六つから手習い所に通っています」

「そうか。ならば儂の治療を見ながら、これを書きつけなさい」

間市が道具箱の中から、一冊の分厚い帳面と矢立を取り出すと駿にわたしてくる。

「これはなんでしょうか」

「かあるてだ」

初めて聞く。

「かあるて、ですか」

不思議な呪文を唱えるかのように、駿は間市の言葉を繰り返した。

「患者の見立てを書き記したものだ。長崎帰りの蘭方医《らんぽうい》から教えてもらって、儂も使うようになった」

「なんのために、かあるてを書き記すのでしょうか」

駿は、かあるてを捲《めく》りながら間市に問う。

「人間には生まれてから死するまで、日々の営みがある。見るべきものは、目の前の病だけではないのだ」

「患者の悪いところを見るだけではいけないのですか」

っている」

「万物は流転しておる。人の躰も同じだ。人の営みのあらゆることが、病の治療に繫が

かあるては、二年前から記されていた。誰の手によるものかわからないが、丁寧に綴られた文字が並んでいる。

駒の病状における本人の訴えや間市の見立てと治療について、さらには毎日の三食の献立や量から便通まで、ありとあらゆることが事細かに記されていた。

なるほど、これなら駒の治療をする上で、見落とすものはない。

間市が再び道具箱を開き、長さや太さが違う鍼を十本ほど取り出すと、天鵞絨《びろうど》の敷布の上に並べていく。

たらいの熱湯を使って、鍼を一本いっぽん丁寧に清めながら、鍼先の尖りや撓《たわ》み具合をたしかめた。

そうしながら、まるで世間話でもするかのように、駒から病状の仔細《しさい》を聞き出していく。それでいて駒の躰の負担にならないように、無駄のない問い掛けになっていた。

間市の物問いには、決め事があるのだろう。頃合いをみて、ふじが駒の着物の前をはだける。ここまでが雪解けの清流のように、淀みなく流れていく。

駿は傍らで聞いていても、見事だと思った。

間市が指先で駒の肌を押しはじめた。

ツボの位置を探っているのだろうか。あるいは肌に触れることで、病の有り様や躰の具合を見定めているのかもしれない。

後で訊いてみようと思う。

駿は、間市の一挙手一投足を見逃さないように、じっと目を凝らして、その様子をかあるてに書きつけていく。

「指で押された肌の戻りが鈍いな。躰に水気や滋養が足りていないのだ」

間市が駿に聞かせるように言った。駿は、言われた言葉通りに、かあるてに記した。

間市が、駒の躰に何本かの鍼を打っていく。

浅く打つ鍼もあれば、心配になるほど深く打つ鍼もある。

吉見屋の姉妹の美容鍼のときは、額や目のまわりなど、顔の表面に浅く鍼を打っていたことを思うと、駒への治療は、まったく異なるツボであることがわかる。

鍼の太さも、いくつかのものを使い分けていた。

かあるてに人の躰の絵を描き、鍼を打った位置や鍼の種類を加えていく。

今まではそのような記され方はしていなかったが、駿には難しいツボの名前はわからなかったので、咄嗟《とっさ》に思いついたやり方だった。

そのことを間市に対して言葉にして伝える。

「まるで役に立ちそうもない顔をしているが、少しは気が利くようだな」

駿に向かって言った。

これでも褒めているつもりだろうか。相も変わらず口が悪い。

「ありがとうございます。子供の頃から、絵だけは得意なんです」

半ば皮肉を込めて、礼の言葉を返した。

「用いた鍼の長さや太さばかりか、打った鍼の勾配や深さまで記したのは、おまえが初めてだ」

どうやら、たしかに褒めているらしい。兎に角、かあるてを書きつづけることにした。

駒は、どんなに深く鍼を打っても、痛みを訴える様子はない。

眉間に皺ひとつ寄せず、むしろ気持ち良さそうな表情をしていた。

うっかりすると、このまま寝入ってしまうのではないかと、こちらが案じてしまうほどに穏やかな顔をしている。

間市がよもぎを取り出した。

指先を使って何度も何度も千切ってはほぐしを繰り返す。

最後にこよりのように細く伸ばすと、米粒よりわずかに大きいくらいに千切って、駒の躰のツボと思しき上に、次々と張りつけていった。

線香でもぐさに火をつけると、瞬く間に燃え尽きた。

もぐさが燃えた後の凜《りん》とした残り香が、部屋の中に満ちていく。

ふじの手を借り、駒が俯《うつぶ》せになった。着物を脱がして、背中や腰や脚を露《あら》わにする。

妙齢の女子の裸を見たのは、初めてのことだ。

目を背けるべきか迷っていると、

「おまえは医者になるのであろう。違うか」

間市に叱責された。

「はい」

「ならば、為《な》すべき事を為せ。迷ったり、遠慮をしたりしている暇はないはずだ」

間市の言う通りだった。

「申し訳ございません」

木綿の手拭いを広げて、間市が駒の躰から抜いた鍼を受け取ると、その上に並べていく。天鵞絨の上に並んでいるのは、これから駒に打つ鍼なので、混ざらないように分けておくのだ。

指示された訳ではない。

が、師匠である梨庵が鍼を打つ前に熱湯で清めていたのを見ていたので、そうしたほうが良いだろうと勝手に判断しただけだ。

間市が、次々と駒の背中から腰、そして脚や足裏に、鍼を打ったり灸を据えたりしていく。

そして半刻（約一時間）ほどをかけて、駒への治療は終わった。

ふじがぬるま湯に浸して固く絞った手拭いで、駒の躰を清めていく。

その間に駿は、新たに沸かした湯をたらいに注ぎ、使い終わった鍼を清めていった。

「錆《さ》びることのないように、洗い清めた後で、しっかりと乾いた布で拭くのだぞ」

「はい、先生」

駿の言葉に頷くと、間市は駒の脈を取りはじめる。

「うむ。儂が来たときより、脈も勢いを取り戻しておる。もう半刻もすれば、もっと良くなるぞ。今夜は夕餉もうまいはずだ」

「ありがとうございます」

駒は布団に躰を横たえたまま、消え入りそうな声で礼を言った。

駿の目には、とても回復したようには見えない。それでも間市は、

「今宵《こよい》の夕餉は何を支度するんだ？」

機嫌良さげにふじに訊いていた。

「湯豆腐でございます」

ふじが答える。

「それは良いな。湯豆腐は水気も取れるし、躰も温まる。お駒さんも、湯豆腐は好物だっただろう。楽しみだな」

寝たままの駒は、わずかに顎を引いて微笑んだ。唇が動いたので返事をしたようにも見えたが、駿の耳には駒の声は届かない。

「では、三日後にまた来る」

間市が立ちあがった。

駿も鍼をしまった道具箱を持つと、後につづく。

門の外まで出てきたふじに見送られて、間市と駿は帰路についた。


暮れなずむ空が、重くのしかかってくる。

「お駒さんからは、治療代をいただかなくて良いのですか」

ずっと気になっていたことを間市に尋ねた。

あれだけ銭金にこだわりを見せた間市が、駒からは何も受け取る様子がなかったのだ。

「治療代なら、すでに受け取っておる」

「そうなのですね」

「花によって、終わりの呼び方が異なるのは知っているか」

「いきなり、なんのお話でしょうか」

「百姓なら、教えてやるまでもないだろう。桜は散る。梅は零れる。朝顔は萎《しぼ》む。菊は舞う。牡丹《ぼたん》は崩れる。椿《つばき》は落ちるだ」

「なるほど、改めて並べてみれば、おもしろいものですね」

「武家の屋敷では、落首に繋がり縁起が悪いから、椿は植えないなどと言う者がいるが、それは誤りだ。徳川家では椿は吉兆を呼ぶとされ、幕臣は挙《こぞ》って庭木に椿を植えている」

花の終わりに人の生死を例えている。

駿は、間市が言わんとすることが、朧気《おぼろげ》ながらにも見えてきた。

「お駒さんは、助からないのですか」

「わからん」

「わからないって、そんな出鱈目《でたらめ》な」

「どのように死を迎えたいのか。それはその者の思いによるものだ。医者が勝手にできるものではない。花の終わりが様々なように、人の死も一様ではない」

「人の命を助けることが、医者の仕事ではないのですか。それがたとえ助からぬ命でも、少しでも長く、たとえ一日でも長く、命の灯火《ともしび》を消えぬように力を尽くすべきです」

駿は声を荒らげるが、間市は表情を変えるでもなく、歩調もそのままに歩きつづけている。

「おまえは、本当におもしろい奴だな」

「ありがとうございます」

「褒めてなど、おらん。つくづく馬鹿でめでたいと言っておるのだ」

「はあ……」

「新川《しんかわ》に緒川屋《おがわや》という大店の酒問屋がある。主人は徳兵衛《とくべえ》といって、たいそう吉原遊びが好きだった。なあに、吉原遊びは江戸の華であり、江戸文化の粋でもある。商いが上手くいって大尽《だいじん》となれば、金をばらまくのは悪いことではない」

「わたしにはわかりません」

「金は天下のまわりものだ。金は減りもしなければ、形を変えることもない。金を使う者がおれば、一方で、それを受け取る者が必ずいる」

「それは、少しわかる気がします」

駿は、軽井沢宿で団子屋の商いを手伝ったことを思い起こした。

涼と一緒に働いた日々が蘇《よみがえ》る。

「この徳兵衛が惚《ほ》れて入れ込んだのが、お駒だった」

「お駒さんは、遊女だったんですか」

「なんだ。吉原がどんなところかは知っているのだな」

「ええ、まあ……」

「ただの遊女ではない。吉原には大見世、中見世、小見世と二百を超える妓楼《ぎろう》があって、抱える遊女の数は四千人とも五千人とも言われている。お駒はその中でも呼出し昼三《ちゅうさん》と呼ばれる最高位の花魁《おいらん》だった」

間市の話によれば、位の高い花魁にも、寝起きする自分の部屋を与えられている「部屋持ち」、これに客を迎える座敷まで持っている「座敷持ち」、さらには個室も座敷も豪華となっている「昼三」というように、厳格な階級があるそうだ。

昼三の中でも最高位の「呼出し昼三」ともなると、客から呼ばれる度に、多数の供を従えて吉原の町中で花魁道中を行った。

大部屋で寝起きして、客を取るときは共用のまわし部屋を使う「振袖新造《ふりそでしんぞう》」が大半を占める吉原において、呼出し昼三は遊女の頂点に位置していた。

「傾城《けいせい》に誠あれば三十日《みそか》に月が出る、と言う。わかるか」

吉原の話になって興が乗ってきたのか、間市が饒舌《じょうぜつ》になる。

「わかりません」

「呼出し昼三のような位の高い花魁になると、大名でも、おいそれとは会えぬ。馴染み客になろうと思えば、国が傾くほどに金を使わなければならないのだ。だから、傾城だ。暦とは、月の満ち欠けが新月から一周りするのを一月としている。三十日に月が輝くことが絶対にないように、思わせぶりな遊女の言葉には誠がない。それでも湯水のごとく金を注ぎ込みたくなるのが、花魁というものだ」

「お駒さんって、そんなにすごい方だったんですか」

病で生死の境を彷徨《さまよ》っていてもなお、息を飲むほどの妖艶さを醸し出していたのも、頷けるというものだ。

「お駒は齢七つで廓《くるわ》に売られ、十五で遊女となって客を取るようになった。二十五までは年季が残っていたところを、惚れ合った徳兵衛に身請けされたのが二十のときのことだ。年季証文の買取と朋輩《ほうばい》や妓楼の奉公人、引き手茶屋、幇間《ほうかん》への祝儀も合わせると、身請け代は五百両を超えたそうだ」

「そんな大金を出してくれたんですか。良かったですね」

人ひとりの代金が五百両とは、駿には想像もつかない。

「もっとも、徳兵衛には女房がいたから、お駒は妾《めかけ》奉公ということで、上野に妾宅《しょうたく》を支度された」

「お妾ですか。夫婦《めおと》になれた訳ではなかったのですね」

駿は他人事《ひとごと》とはいえ、肩を落とした。

「そうとばかりは言えない。吉原は苦界《くがい》と言われるほど、遊女には過酷なところだ。年季を待たずして病で亡くなる遊女が多い中で、大枚を叩《はた》いて身請けをしてくれる旦那がいただけでも幸せなものだろう。それに妾とはいえ、徳兵衛との間には子も授かったのだ」

「子供が生まれたのですか」

「そうだ。名を竹丸《たけまる》という」

駿は、駒の屋敷の裏に広がっていた竹林を思い出した。

「男の子ですか」

しかし、先ほど駒を治療したとき、子供の姿は見えなかった。

駿の疑問を察したのか、

「躰が丈夫なほうではなかったお駒は、竹丸が生まれてからは、床につくことも多くなった。見かねた徳兵衛は、ふじを雇って母子の世話をさせたが、お駒の躰は悪くなるばかりだった。そこで竹丸が五つになると、緒川屋で引き取ることにしたのだ」

と、子供について語りはじめた。

「良かった。養子になったんですね」

駿の言葉に、間市が呆れたように眉根を寄せる。

「徳兵衛には正妻との間に、男児が二人いる。養子など取る訳がなかろう」

「それじゃ……」

「小僧として働くのだ。住み込みの奉公人だ」

「そうなんですか」

駿は、己の世間知らずを改めて思い知る。

自分は涼の両親に引き取ってもらえたが、それはとても稀《まれ》なことだったのだろう。

「まあ、齢五つで小僧に出るのは厳しいかもしれぬが、新川でも暖簾の古さを誇る大店の酒問屋に丁稚《でっち》奉公できるのだ。手指のあかぎれが治る暇はないかもしれぬが、衣食住には一生困ることはなくなる。それに真面目《まじめ》に働けば、やがては手代になって所帯を持たせてもらうことも、番頭に出世して暖簾分けを目指すこともできる」

「わたしの田舎の百姓の暮らしを思えば、ありがたい話だと思います」

「儂もそう思う。だが、正妻である緒川屋の女将は、竹丸を引き取るにあたり、徳兵衛に無理難題を押しつけた」

間市が表情を固くする。

「何を言ってきたんですか」

「竹丸には、母親は死んだこととして伝えるようにとのことだった」

「お駒さんが死んだなんて、ひどいじゃないですか」

駿の顔は怒りの色に染まった。

「旦那が吉原一の花魁に子供を産ませたのだ。大店の女将として、表の顔では妾を大目に見ていても、胸の内はそうではなかったということだな。女の意地のようなものかもしれんが、男の儂にはわからぬことだ」

それは間市だからわからぬことなのだと言いたいが、そこは口を噤《つぐ》む。

「それで、お駒さんはどうしたんですか」

聞くまでもなかった。すでに竹丸は緒川屋に奉公に出ているのだ。

「徳兵衛とお駒に頼まれて、儂が一芝居を打った。医者の儂が五つの童《わらべ》を騙すのは、さすがに忍びなかったが、これも仕事と請け負った」

駿も間市には幾度も騙されている。五つの子を騙すなど、訳もないことだったろう。

「竹丸は、お駒さんが亡くなったと信じたのですね」

「そうだ。それが今から二年前のことだ。時の経《た》つのは早いものだな。竹丸は七つになっているだろう」

盆と正月には他の小僧は暇をもらって里に帰れるだろうが、竹丸だけは一人寂しく緒川屋の奉公人部屋で過ごしているのだ。

「お駒さんは、いつから具合が悪いのですか」

「もう二年にはなるだろう」

かあるては、二年前から記されていた。

「それって……」

「竹丸を奉公に出してから食は細り、月に幾度も熱を出すようになった」

「子供を奪われたからじゃないんですか」

間市が首を左右に振った。

「言っただろう。お駒は元々から躰が弱かったのだ。遊女の暮らしは過酷だ。多くの遊女が年季が明ける前に、病で命を落とすものだ」

「でも、二年前から具合が悪いんですよね」

「子供を手放したことで、生きる気力を失ったことは間違いない。それが死期を早めていることは、医者でなくとも察しがつくことだ」

七歳で吉原に売られ、十五歳で客を取ることを強いられた。身請けされたとはいえ、それは親子ほども年が離れた男に妾として囲われる暮らしである。

駒にとって、一人息子の竹丸だけが生きがいだったのだ。愛する我が子を奪われて、命の灯火が燃え尽きようとしている。

「どうにかして、お駒さんを助けてあげることはできないんですか」

「仲元堂《しんげんどう》の久安《きゅうあん》が、もはやできることはないと匙《さじ》を投げた」

「その方は、偉い医者なんですか」

「儂ほどではないが、漢方医としては、まあ有名だな」

ならば、見立てを誤ることはないだろう。

駿は落胆した。

「西川先生なら、助けられるんじゃないんですか」

「馬鹿を申すな。儂は医者であって神でも仏でもない。助かる者の命は救えるが、助かる見込みのない命まではどうにもならぬ。できることは、人生の終焉《しゅうえん》をできるだけ苦しむことなく、楽に逝かせてやることくらいだ。徳兵衛からはすでに一年分の往診料をもらっている。先払いなので一月で死んでも、一年で死んでも、返金はできぬとの約束で、臨終までの看取《みと》りを請け負った」

駿は、間市の言葉に指先が震える。

「看取りを請け負われたのは、いつのことなんですか」

「六月《むつき》ほど前のことだ」

「そ、それって――」

「お駒の命が、あと六月を超えて長らえることはないということになる」

間市が、きっぱりと言い切った。

「医者として、何かできることはないのでしょうか」

「お駒は、もはや歩くことはおろか、立ちあがることさえできぬ躰だ。儂の鍼でさえ、痛みを取り除いてやることくらいしかしてやれぬ。それでも……」

言いかけて、間市が口を噤む。

「それでも、なんですか」

「儂には、何もできぬ。だが、おまえが医者として何かしたいのであれば、何がなせるのか、己で考えてみろ」

間市はそこまで言うと、せっかく浅草まで来たのだから吉原に飲みに行くと言って、通りかかった辻駕籠に乗ってしまった。

あっという間に、間市を乗せた辻駕籠は見えなくなる。

残された駿は、一人で杉坂鍼治学問所への道を歩いた。

三

「津液《しんえき》（唾液）は一身のうるほひ也《なり》。化して精血となる」

坂口堂庵《さかぐちどうあん》が『養生訓《ようじょうくん》』の一節を読みあげる声を聞き流しながら、駿は講義部屋に貼られた人体図をぼんやりと眺めていた。

『養生訓』は正徳《しょうとく》三年（一七一三）に福岡藩の儒学者である貝原益軒《かいばらえきけん》によって著された、養生についての指南書だ。

常に凛とした立ち居振る舞いを乱さぬ坂口は、主に初等教育を担っている検校で、間市と並んで杉坂鍼治学問所で高位の講師である。いつも講義では、坂口が『養生訓』をわかりやすく解いてくれるのだが、今日ばかりは少しも駿の耳には届かない。

「人の躰の中には、気と血《けつ》と津液が流れている。言うまでもないが、気・血・津液は、五臓六腑《ごぞうろっぷ》が正しく営むための源である。気とは血肉や五臓六腑を動かし、躰の熱を生み保ち、さらには病から人を守る力を持つ。血は滋養で、津液は水だな。人が生きるには気・血・津液に頼らねばならぬ。そこでだ、気・血・津液は、何処《いずこ》より生まれるのであったかな？　松吉、わかるか」

「気・血・津液は、精より成ったものです」

坂口に指された松吉が、迷うことなく答えた。松吉の答えに、坂口が満足げに首肯する様子を、駿は見るともなしに見ている。

昨夜から間市の言葉が、グルグルと頭の中を巡りめぐっていた。

――おまえが医者として何かしたいのであれば、何がなせるのか、己で考えてみろ。

余命いくばくもない駒にしてやれることは、たしかに間市の言う通り、限られているのかもしれない。それでも患者の命の灯火が消えてゆくのを、黙って見ているような医者にはなりたくなかった。

死にゆく駒に、たとえ少しでも幸せな心持ちになってもらいたい。そのために、いったい何ができるのだろうか。

いくら考えても己に何ができるのか、手掛かりさえ思い浮かばなかった。出るのは溜息ばかりだ。

「うむ。して、精には後天の精と先天の精があるが、各々、答えられる者はいるか？」

「はい。新太郎です」

そう名乗ってから、新太郎がまっすぐに手を挙げた。坂口は目が見えないため、講義中に挙手するときは己の名を名乗る決まりになっている。

「では新太郎、後天の精とはなんぞや」

「飲食より得られる精のことで、中焦《ちゅうしょう》（胃腸）にて作られます。後天の精は人が躰を動かすための営気《えいき》、衛気《えき》、宗気《そうき》、津液、血の素《もと》となり、命を支える土台となるものです」

新太郎が淀みなく答えた。

「その通りだ。新太郎、名答である」

「ありがとうございます」

「では、先天の精とは何処より生まれたものであるか、誰か答えられる者はいるか。そうだな。駿、答えなさい」

「えっ？」

急に名を呼ばれて、駿は素っ頓狂な声をあげてしまう。駒のことを考えていて、心ここにあらずであった。答えはおろか、坂口より何を問われているのかさえわからない。

「えーと……」

駿は答えに窮する。

「親よ」

隣に座っていた咲良が小声で教えてくれた。

「親です」

駿は弾かれたように答える。

「うむ。良くできたな」

「あ、ありがとうございます」

「先天の精とは親より受け継いだ精のことだ。先天の精は命の素であり、人体を作り、育てていく。また、後天の精より養われ、人が生きている限りは枯渇することがない。この精が気に変わると原気《げんき》となり、臍下《せいか》丹田に集まって人が生きる力となるのだ」

——親より受け継いだ精は、人が生きる力となる。

坂口の言葉が、駿の頭の中で繰り返された。

親と子は、生きるための力で繋がっているのだ。

これだ！

駿は胸の内で叫ぶ。

「痛《い》ててててっ。ああっ、痛い」

「駿。どうしたのだ？」

坂口が怪訝《けげん》な顔を向けた。

「すみません。急に腹が痛み出しまして」

「それはいかんな。わたしが診てやろう」

坂口が駿を案じる。

「それには及びません。きっと何か食い合わせでも悪かったんです。ちょっと寝ていれば、直におさまると思います」

「本当に大丈夫か？」

「はい。その代わりに部屋で休みたいので、今日の講義は休ませていただいてもよろしいでしょうか？　ああ、痛たたたっ」

「そうだな。無理をしてはいかんな。西川先生にもわたしから伝えておくから、今日は部屋で寝ていなさい」

「申し訳ありません」

駿は腹を手で押さえながら、講義部屋から退出した。

空《から》っ風が身に染みる。

駿は両手を合わせると、フーッと息を吹きかけた。薄曇りの乏しい陽光では、綿入れの上に半纏《はんてん》を羽織っていても寒さは凌《しの》げない。

三寒四温とはよく言ったもので、暦の上ではとっくに春でも、今日の風は真冬を思わせるほどに厳しかった。

「うまいこと、講義を休ませてもらえたな」

仮病を装って坂口を欺いたことには少し胸が痛んだが、駿にはどうしても行きたいところがあった。いや、今は一刻を争って行かなければならない。

駿は、新川の町を歩いていた。

往来を歩いていても、目にするのは酒問屋ばかりである。聞くところによると、江戸で下《くだ》り酒《ざけ》を扱う酒問屋の七割が、新川に集まっているらしい。

諸白《もろはく》といわれる上等な酒は、灘《なだ》や伏見《ふしみ》から樽廻船《たるかいせん》に積まれて海路で運ばれてくる。上方《かみがた》から下ってくるから下り酒とも言う。

関八州《かんはっしゅう》では諸白はほとんど作られておらず、あるのは濁酒《どぶろく》ばかりである。下り酒に対して、上方から下ってきていない酒なので、これを「下らないもの」といって、酒に限らず質の悪い品をそう呼ぶようになった。

上方をはじめ、諸国から運ばれた諸白が届く江戸湊《みなと》の玄関口が新川だった。そのために、ここに多くの酒問屋が集まることになった。

「たしかにこの辺りだったよな」

新川のことは、惣吾に聞いてあった。

惣吾は浅草の古着屋の五男坊で、暮らし向きには苦労していない。酒が好きで、夕方になると、いそいそと居酒屋に出掛けていった。

緒川屋のことを尋ねると、

「江戸の酒好きで緒川屋を知らない奴はいないよ。緒川屋が扱う酒蔵の酒は、何を取っても外れはないからね」

そう言って、緒川屋までの道順を教えてくれた。

見当をつけて歩いていると、目の前に緒川屋と思しき店が見えてくる。

駿が思っていたよりも、はるかに大きな店だ。

なるほど、これほどの店に我が子の奉公が適うのであれば、吉原あがりの妾の子として育てることと天秤にかけられる親はいないだろう。

店の前に置かれた三台の荷車には、四斗樽が山のように積まれていた。それを尻端折りした店の若い衆が次々と降ろし、店の中へと運んでいく。

暖簾を揺らす客足も、絶える様子はなかった。

「さて、どうしたものかな」

如何にすれば竹丸に会うことができるか。そもそも駿は竹丸の顔を知らない。わかっているのは、竹丸という名と齢七つということだけだ。

それでもどうしても竹丸に会わなければならない。一目会って、竹丸の様子を駒に伝えてやりたいと思う。

そのときである。

店の中から齢七つくらいの男の子が、勢いよく駆け出してきた。亀の子半纏を着て、緒川屋の暖簾と同じ臙脂《えんじ》色の前掛けをしている。

格好を見れば、緒川屋の奉公人であることはわかる。だいたい、このような子供が酒問屋に客として来るはずがない。店の小僧に間違いない。

すぐにその子の後を追うように暖簾を跳ねあげたのは、駿と同じ年くらいの若者だった。やはり、臙脂色の前掛けをしている。

「竹丸。道草食わずに、さっさと帰ってくるんだぞ」

その声掛けに、男の子が振り返ると、

「はーい。亀吉《かめきち》さん」

大きな声で返事をする。

間違いない。この子が竹丸だ。駒の息子である。

手には風呂敷包みを大事そうに持っている。店の使いで、どこかへ行くのだろう。用事を言いつかったとはいえ、小さな子供の足なので、そう遠くへは行くまい。

途中で声をかけて、おまえの母は本当は生きているぞ、と教えてやりたい。が、そんなことをして、いったいなんになる。

竹丸の暮らしを掻き乱すようなことは、駒だって望んではいないだろう。だが、それでは駒に生きる気力を取り戻させることはできない。どうしていいかもわからぬまま、駿は竹丸の後を追った。

大川に至る亀島川《かめじまがわ》に架かる亀島橋《かめじまばし》をわたり、八丁堀《はっちょうぼり》に出た。

この辺りは町奉行配下の与力や同心の屋敷が並んでいる閑静な町並みがつづく。問屋町である新川とは、橋ひとつわたるだけで、随分と町の賑わいが違った。

竹丸は、一軒の居酒屋の暖簾をくぐる。

程なくして出てきたときには、手にしていた風呂敷包みがなくなっていた。包まれて
いた品物を届けたので、風呂敷は畳んで懐にでもしまったのだろう。

すぐに来た道を戻った。が、亀島橋まで来ると橋をわたらずに、橋の袂《たもと》から土手をく
だって行く。

「おいおい、道草は食うなって言われていたじゃないか」

思わず声が口を出てしまった。無論、竹丸には届いていない。

遊びたい盛りの七つの童である。駿だって、麦畑で涼や茜と遊んで、母の鶴《つる》に叱られ
たものだ。

駿も竹丸の後を追って、土手を降りて行った。

竹丸は橋の下で、しゃがみ込んでいた。

何をしているのだろうか。

駿は竹丸に近寄ってみた。竹丸が伸ばした手に頭を擦《こす》り付けていたのは、三毛の仔猫《こねこ》
だった。

「寂しかったかい」

竹丸が頭を優しく撫でてやると、仔猫は嬉しそうに小さな声で鳴いてみせた。かなり慣れているようだ。竹丸がここへ来るのは、初めてではなさそうだ。

竹丸が懐に手を入れると、懐紙の包みを取り出した。小さな手で包みを開くと、中から鰯《いわし》の焼いたものが半身ほど出てきた。

昨晩の夕餉のおかずを仔猫のために、半分ほど食べずに残して持ってきたのだろう。いくら緒川屋が裕福な大店とはいえ、小僧の食事がそれほど豊かなものとは思えなかった。それでも竹丸は、仔猫のために己のおかずを食べずに残したのだ。

竹丸は懐紙ごと、仔猫の前に鰯を置く。仔猫はよほど腹を空《す》かしていたのか、飛びかかるようにして鰯に食らいついた。

竹丸は、その様子を目を細めるようにして見ている。

「かわいい仔猫だね」

駿は、竹丸の背後から声をかけた。竹丸は驚いたように振り返ったが、駿を見て、大人ではなかったので安心したのか、すぐに仔猫の背中を撫ではじめる。

「この子、お母さんから逸《はぐ》れてしまったみたいなんだ」

「それで餌をあげに来ているのかい」

「だって、お母さんがいなくて、寂しいと思うんだ」

鰯を食べ終えて空腹を満たしたのか、仔猫は喉を鳴らしながら竹丸の足に躰を擦りつけていた。

母から逸れた仔猫に、竹丸は何を見ているのだろうか。

「おまえも寂しいのか？」

気がつくと、駿は竹丸に尋ねていた。

突然の問いかけに戸惑いの顔を見せながらも、

「おいらは寂しくなんかないよ。店の人たちが優しくしてくれるもの」

竹丸は大福餅のようにふっくらと膨らんだ頰を揺らして微笑む。

「そうか。お店の人たちは優しいのか」

「うん」

頷いた笑顔には、作ったものは感じられない。小僧として大店に奉公する辛苦がないはずがない。それでも緒川屋には、竹丸の居場所があるのだろう。

駿は、胸を撫でおろした。

「俺も、この猫に餌をやりに来てもいいかな」

「お兄ちゃんも猫が好きなの？」

「生き物はなんだって好きだよ。俺は牛を飼っていたことだってあるんだぞ」

「牛って、大きいんでしょう。御伽草子で読んだことがあるよ。飼えるものなの？」

竹丸が驚きの声をあげる。

「ああ、とっても大きいぞ」

「すごいね」

竹丸が目を輝かせて笑った。

四

駿は、間市の往診の供をしている。行き先は、駒のところだ。

「先生。お駒さんのことですけど……」

出し抜けに切り出したにもかかわらず、間市は少しも心外のような顔はせず、むしろ駿の言葉を待っていたように、

「何がなせるか、答えは見つかったか」

と先を促してきた。

「答えかどうかはわかりません。でも、お駒さんにお話をしたいことがあります」

「うむ。許そう」

「良いのですか」

まだ、何も言っていない。拍子抜けするくらい、あっさりと許しが出る。

「お駒の往診料は、先払いで徳兵衛からもらっている。儂はその分の治療をするだけだ。

おまえが何をしようが、それは医者としてのおまえの道であって、儂の道ではない。好きにするが良い」

「ありがとうございます」

不思議そうな顔をして、間市が立ち止まった。

「礼など言われる筋合いはない。その代わりに何が起ころうと、尻は己の手で拭け」

「わかりました」

駿は頷く。間市は何事もなかったかのように、再び歩きはじめた。


「お駒さん。少し話を聞いていただけますか」

間市による鍼と灸の治療が終わったところで、駿は駒に話しかけた。

鍼灸の効き目で躰が楽になったのか、駒の表情は穏やかである。

駒が上半身を起こそうとする。駿はふじと一緒に、それを手助けした。

病に冒されても、吉原一と言われた美しさには、些《いささ》かも陰りはない。化粧をして着飾った花魁の姿を知らない駿ではあるが、むしろ妖艶さは増しているのではないかと思えるほどだった。

「若先生。どのようなお話でしょうか」

駒は駿のことを、若先生と呼ぶ。

駿は入門生であり、まだ医者ではない。やめてくれと何度言っても、「西川先生のお弟子さんなら、若先生です」と言ってきかなかった。

駿は間市の弟子でもない。道具箱を持って、往診の供をしているだけだ。昼間は他の師範の講義を受けているので、間市から鍼灸について教えられることは稀だった。

「お子さんのことです」

「竹丸に何かあったんですか」

駒が怯《おび》えたように表情を変える。

「ご心配には及びません。竹丸さんは元気でしたよ」

駒が安堵して、大きく息を吐いた。

「若先生は、竹丸に会ったんですか」

駒が身を乗り出す。頰に赤味が差し、瞳が輝きを増した。竹丸の名を聞いただけで、駒の心持ちはこれほど高まるのだ。

「勝手なこととは承知していたのですが、新川に行って竹丸さんに会ってきました」

「竹丸は、どんな様子だったでしょうか」

「お使いの帰りに寄り道をしているところを見つけましたよ」

「まあ、あの子ったら……」

駒が心配そうな顔をする。子を思う母親の顔だ。

「それがね、橋の下に住みついている仔猫に、自分の夕餉を残して支度した鰯を届けに行っていたんです」

「仔猫に餌をやっていたんですか」

「母親に逸れた仔猫は寂しいだろうからって、面倒をみてやっているようでした」

「あの子が仔猫の面倒を……」

駒が言葉を詰まらせた。目から溢れた涙が、頬を幾重にも流れ落ちていく。

「優しい子に育っていますよ」

奉公に出したのは、竹丸が五つのときだ。それから二年も、駒は我が子に会っていない。

「ありがとうございます」

「店の人たちも優しくしてくれているって言ってました」

「本当にありがたいことです。あの子は、幸せに暮らしているんですね」

「そうだと思います」

駒は両手で顔を覆うと、声をあげて泣いた。小さな背中が小刻みに震える。

これで駒は生きる望みを繋いでくれるだろうか。

食事を取ってくれるようになるだろうか。

今の駿が駒のためにしてやれることは、これくらいのことしか思いつかなかった。

駒が涙を拭いもせず、間市に向き直る。

「西川先生。わたしが歩けるように、鍼を打っていただけませんか」

間市が表情を強張らせた。

「立ちあがることさえできぬお駒さんが、鍼によって歩くということがどういうことなのか、わかって言っているのか」

駒がまっすぐに間市を見つめたまま、小さく首を折る。

「どうしても歩きたいのです」

「歩けるようになったら、何をするつもりだ」

「竹丸に会いに行きます」

「そんなことをしたら……」

「わたしが死んだことになっていることは承知しています。今さらあの子の前に母親などと名乗り出るつもりは毛頭ありません。一目だけでいいのです。遠くからでもいい。この目で、あの子の姿を見ておきたいのです」

駒の切実な訴えを聞いて、間市が深く息を吐いた。

「お駒さん。良く聞いてくれ」

「はい」

駒が姿勢を正す。

「たしかに鍼は、人の躰の痛みを取ることができる。だがな、痛みが何も彼も悪いというものではない。痛みというのは、躰からの切実な訴えなのだ。怪我や病に冒されたとき、躰を動かすことが危ないと教えてくれている。人は痛みを感じるから、躰を休めたり労《いたわ》ったりする。だから治療といっても、取り除いて良い痛みと取り除いてはいけない痛みがあるのだ」

「取り除いてはいけない痛みですか」

「そうだ。そういう痛みを消してしまうと、人は躰に無理をさせてしまう。お駒さんが歩くということは、そういうことなのだ」

「それでも、わたしは歩きたいのです」

「命を縮めることになるぞ」

「先生。どうせ、わたしの命は長くないんでしょう」

ふっと息を吐くように、駒が静かに微笑んだ。

「わかるのか」

「そりゃあ、わかりますよ。吉原では、わたしのようにボロボロの躰になって亡くなっていった遊女を、たくさん見てきましたから」

駒の折れるほどに弱々しい項《うなじ》に、幾筋も解《ほつ》れ毛が流れていた。

「そうか」

「最後にもう一度、あの子をこの目で見たいのです」

間市が目を伏せる。そして再び顔をあげた。

「蠟燭《ろうそく》の火というものは、少しずつ小さくなっていくが、燃え尽きる刹那、一際激しく燃えるものだ。歩けぬ者を歩かせるツボはある」

「わたしは、あとどれくらい生きられるのですか」

「良くて六月というところだろう。だが、そのツボに鍼を打てば、その命をさらに縮めることになる。恐らくは、十日と保《も》たぬ」

「かまいません」

駒は迷いなく言った。

間市が、駿を見る。

「お駒さんは、ああ言っているが、おまえはどうしたら良いと思う」

「わ、わたしは……」

駿は、問われても答えることができない。

「おまえが蒔《ま》いた種だ。どうするか、おまえが決めろ」

「わたしが決めるのですか」

「そうだ。儂は徳兵衛から、お駒さんの治療代をもらっている。徳兵衛から頼まれたことは、お駒さんを最期のときまで、苦しみから助けてやってほしいというものだ」

竹丸と会うことは、果たして駒を苦しみから助けることになるのだろうか。何よりも、駒の命を縮めてまで願いを叶えてやることが、医者の治療といえるのだろうか。

「若先生。どうぞ、よろしくお願いします」

駒が駿に向かって、いつまでも頭をさげつづけた。

五

風のない穏やかな日を選んだ。

辻駕籠を亀島橋の袂に止める。

「お駒さん。具合はいかがですか」

駿は辻駕籠から降りる駒に手を貸し、表情に目をやって様子を気遣った。

「ありがとうございます。今日はとても気分がいいです」

駒がまずは右足を、つづけて左足をゆっくりと降ろす。

「気をつけてくださいね」

駒が立ちあがった。そのまま歩き出す。

「ああ、良いお天気」

陽差しを浴びるように、駒が顔をあげた。

昼八つを告げる寺の鐘（梵鐘《ぼんしょう》）が聞こえてくる。江戸では、江戸城を囲む九箇所の寺や町中で、一刻（約二時間）に一回の時の鐘が鳴る。

「そろそろ来ると思います」

駿の調べによれば、竹丸は昼八つ（おやつ）の休憩になると、緒川屋を抜け出して、仔猫のところに餌を届けていた。

余程のことがない限り、そろそろこの場所に現れるはずだ。お駒の立つ橋の袂から、土手下の仔猫のねぐらまでは五間（約九メートル）ほどである。ここで待てば、竹丸が仔猫に餌をやる様子を感づかれずに見ることができそうだ。

「あっ」

駒が声を漏らした。慌てて御高祖頭巾《おこそずきん》を深く被《かぶ》り直して顔を伏せる。

現れた竹丸は、駒に気づくことなく前を通り過ぎると、蒲公英《たんぽぽ》が咲く土手を跳ねるように駆けおりて行った。

駒の視線が、その後を追う。

竹丸が橋の下に行くと、その姿をみとめた仔猫が、足下にじゃれついてきた。竹丸はしゃがみ込むと、懐から取り出した懐紙を開き、仔猫に餌をやり出した。

仔猫が一心不乱に餌を食べる。その間も、竹丸は仔猫に何か語りかけながら、ずっと背中を撫でてやっていた。

「しばらく見ないうちに、ずいぶんと背が伸びています」

駒が目を細める。

「徳兵衛さんに聞いたのですが、竹丸さんは仕事の覚えが良いそうです。賢い子なんです。きっと、手代になるのも早いですよ」

「あの子、頑張っているのですね」

己の言葉を確かめるように、駒が幾度も頷いた。

「いずれは番頭になって、暖簾分けだってしてもらえるかもしれません」

妾腹とはいえ、主人の胤《たね》である。女将の勘気が緩めば、将来は暖簾分けをしてもらえることも、あながち夢物語ではないはずだ。

しかし、それは二十年いや三十年という遠い先の話で、その姿を駒が見ることはない。

仔猫が餌を食べ終えた。長居はできないのか、竹丸は立ちあがると、最後にもう一度、仔猫の頭を撫でた。

一言、何か声をかけていたようだが、ここまではっきりと聞こえない。

やがて、竹丸が土手をのぼってきた。

駒とすれ違う。親子が交差した。しばらく駆けたあと、急に竹丸が立ち止まると、怪訝そうな顔で振り返った。

駒は急ぐように、辻駕籠に乗った。

「行ってください」

竹丸がこちらに向かって戻ってくる。

「いいんですか」

駿は駒に尋ねた。

「早く、出してください」

駒の言葉を聞き、駿は担ぎ手に目線で合図をする。

辻駕籠が動き出した。駿も一緒に走り出す。

振り返ると、竹丸が後を追いかけるように駆け出していた。だが、所詮は子供の足だ。少しずつ置いていかれる。それでも竹丸は懸命に駆ける。

竹丸が転んだ。

「あっ!」

駒が悲痛な叫び声をあげる。その声に驚いた担ぎ手の二人が、慌てて辻駕籠を止めた。辻駕籠から身を乗り出すようにして、駒が振り返る。

竹丸は必死の形相で立ちあがった。

子供ながらに、感じるものがあるに違いない。遠くに見える表情には、鬼気迫るものがあった。

手や膝に怪我をしているようにも見えたが、気にする様子はない。痛みに歯を食いしばりながらも、すぐに駆けはじめた。

小さな躰で両手を懸命に振って、竹丸が走る。

「母ちゃん」

遠くから竹丸の声で、かすかにそう聞こえたような気がする。いや、そう聞こえたらと心の中で願った駿の空耳だったかもしれない。

「もう、行ってください」

駕籠の中で、駒が泣き崩れた。

「いいんですか」

駿は、思わず駒に問い掛けてしまう。

だめだ。いけない。駒を竹丸に会わせる訳にはいかない。

そんなことは駿にだってわかっていた。それでも、せめて一度くらいは母の胸に子を抱かせてやりたい。いや、一言だけでも言葉を交わさせてやりたいと思う。だが、それは許されないことだ。

「お願いですから、出してください」

「でも……」

「あの子のために、それが良いんです」

涙に濡れた顔をあげ、駒がきっぱりと言った。

母の強さを見せつけられる。

駿は、再び担ぎ手に合図した。担ぎ手たちが辻駕籠を担ぎなおし、走りはじめる。

竹丸の姿は、すぐに見えなくなった。

それから六日後の朝、駒は息を引き取った。

看取った間市が驚くほどに、その死に顔は穏やかなものであった。

――桜は散る。梅は零れる。朝顔は萎む。菊は舞う。牡丹は崩れる。椿は落ちるだ。

事切れたばかりの駒の亡骸を前にして、駿はいつぞやの間市の言葉を思い出していた。

人の生涯にとって大切なのは、いつ死ぬかということではない。どのようにして死ぬかなのだ。

駒は何を思って逝ったのだろうか。その死は、少なくとも駒にとって幸せなものだったと信じたい。

医者の仕事とは、患者の病を治すだけではない。ましてや、金儲《かねもう》けなどであるはずがなかった。

人の生と死に寄り添えるような医者になりたい。

駿は、医は仁術という言葉の重みを思う。ほんの少しだけ、己の進むべき道が見えてきたような気がした。

第三章

恋は盲目

一

文月《ふみづき》七日は七夕である。

裕福な商家では、地面に打った杭《くい》に笹竹《ささたけ》を結び付けて、これに子供たちが芸事や学問の上達を祈念した願い事を書いて飾った。

江戸では短冊に文を書きつけるから文月だと言うものが多かったが、駿が暮らした玉宮村では稲穂が実る夏の終わりだから穂含月《ほふみづき》だとされた。

この日は七夕であると同時に、幕府によって定められた年に一度の井戸浚《さら》いの日でもある。

江戸湊に連なる江戸の町は、元は広大な湿地で、川の付け替えや埋め立てにより、武士や町民が暮らせる広い土地を作ったので、井戸を掘っても塩気の強い水しかでない。

そこで井《い》の頭池《かしら》の綺麗な湧き水を、木や竹で作った管を地下に張り巡らせた水道によって、江戸中に送り届けた。

管の途中には、要所に木で作った桶《おけ》をさらに地中深く埋めて、この中に貯まった水を近所の住人が分かち合って使った。

だから井戸と言っても地下水ではなく、この桶に貯まった水道水を汲《く》みあげて飲んだのである。ゆえに、井戸は単独のものではなく、すべて水道によってひとつに繋がっていることになる。

年に一度、江戸中で一斉に桶の水を汲み出して、底に貯まった落ち葉や塵《ごみ》などを掃除するのだ。

「ひゃっこい、ひゃっこい」

駿は杉坂鍼治学問所の裏庭で、どこからともなく聞こえてくる冷や水売りの声に耳を澄ませた。

江戸の町が誇る水道だが、張り巡らされているのは大川の西側までで、本所深川までは届いていない。

杉坂鍼治学問所では井戸を掘っているが、塩気が強く、風呂や洗濯には使えても、飲み水にはならない。

この辺りでは飲み水や料理に使う水は、水船《みずぶね》によって運ばれてくるものを買っていた。

冷や水売りは、天秤棒に水桶を二つさげ、町中で売り歩く棒手振りである。冷や水一杯が四文で、白玉や砂糖を追加することもできた。

昼八つ。この季節の陽はまだ高い。

駿は咲良に誘われて、笹竹に短冊を結びつけていた。

杉坂鍼治学問所では、学問の上達を願う入門生たちが七夕の短冊を書く。

「駿はなんて書いたの？　見せなさいよ」

短冊を結んでいたところを、背後から覗き込まれた。

隠すほどのものではない。短冊を咲良のほうに向ける。

「自分らしく生きる。って、何よ、これ。どこが願い事なの」

「涼と約束したんです」

「涼って、幼馴染みで兄弟みたいに育ったっていう人のこと？」

「そうです。玉宮村の神童って呼ばれるほどの器量を持っていたのに、学問も剣術も誰よりも熱心に学んでいて、大願成就して侍になった奴です」

「駿とは、お月様と泥亀《すっぽん》ほども違うわね」

相変わらず、一言も二言も多い。

これで少し静かにしていれば、見栄えだけなら、どこぞの商家のお嬢様かと見紛うほどだ。もっとも、大人しい咲良など、ちっとも咲良らしくはないが。

「なんか、言いたいことがありそうね」

「い、いや、別に俺は……」

どうしてわかったのだろうか。

「わたしに言いたいことがあるなら、男らしくはっきり言いなさい」

「本当に、何もないです」

はっきり言いなどしたら、倍どころか十倍になって返ってきそうだ。考えただけでも恐ろしい。駿は、ブルルッと身震いをした。

「あら、どうしたの。この暑い日に震えたりして、夏風邪でも引いたんじゃない？　わたしが鍼を打ってあげましょうか」

咲良が嬉しそうに駿の額に手のひらを当てる。

「ご心配には及びません」

「夏風邪は引きはじめの処置が大切なのよ。講義で習ったでしょう。この季節の風邪は長引かせると良くないんだから」

本気で駿のことを案じてくれているのはわかる。

口は悪いし、性格も男勝りではあるが、根は優しいところがある。かといって、咲良の鍼を敢《あ》えて受ける気にはならない。むしろ、御免被りたい。

咲良は気《き》っ風《ぷ》の良さのためか、鍼を打たせても、とにかく潔い。つまり、咲良の鍼は滅法痛いのだ。

杉坂鍼治学問所の講義では、座学による医学修得もあるが、多くは実際に鍼を打ったり、灸を据えたりする。

経験の浅い入門生が患者に鍼を打つ訳にはいかない。講義の場では、入門生同士が互いに鍼を打ち合うのだ。

駿が杉坂鍼治学問所に入所を許され、初めて講義に出たとき、新太郎と松吉が組になって鍼を打ち合っていた。

新入りで相手がいない駿に声をかけてくれたのが、咲良だった。

大森富一検校から駿の世話を頼まれていたからか、そもそも咲良が心根の優しい女子だからだろう。はじめはそう思っていた。

ところがすぐに、それは駿の思い違いであることに気づかされる。

学問所の初等教育を受講する者たちから、咲良は恐れられていたのだ。

咲良の鍼は良く効く。医者としての器量はある。ただし、とにかく痛い。

このような噂《うわさ》が初等教育の門下生たちの間に広がっていて、咲良は鍼の練習相手がなかなか見つからなかった。

そこへ、新たな入門生として、駿が現れたのだ。

「飛んで火に入る夏の虫だよな」

「なんのことかしら？」

咲良に睨まれる。

「国性爺《こくせんや》合戦の名台詞ですよ。惣吾さんから教えてもらったんです。とーんで火に入る、あっ夏のむぅしぃってね」

駿は、近松門左衛門《ちかまつもんざえもん》作の浄瑠璃の名をあげた。

「逃げられるものなら、本当に逃げ出したい。

「戯《おど》けたことを言ってないで、ほら、鍼を打つわよ」

咲良に手を摑まれて、強引に講義部屋に連れて行かれた。

二
「着物を脱いで、そこに横になって」

講義があるのは昼八つまでなので、講義部屋には門下生は誰もいない。

駿は咲良に促されて、渋々と着物を脱いで褌《ふんどし》一丁になると、板の間に腹ばいになった。

若い女子の前で裸同然になるのが恥ずかしかったのは、入門したばかりの頃だけで、医学を学ぶもの同士で鍼、灸、按摩をすることに、今ではなんの躊躇《ためら》いも遠慮もなくなっている。

「もう、一思いにやっちゃってください」

まな板の上の鯉《こい》とは、まさにこういうことを言うのだろう。

「男子が何を情けないことを言っているのよ。いつも講義で相手をしているんだから、わたしの鍼の腕前はよく知っているでしょう……」

よく知っているからこそ、お願いしているのだ。

「……それにしても、いつも思うけど、駿って逞《たくま》しい躰をしているわね」

駿の盛りあがった肩の筋肉を、咲良が指先で押した。

「俺は百姓でしたからね。大地に鍬を打つのが仕事でした。躰だけが唯一の自慢ですよ」

「本当ね。躰だけはね」

ここまで来ると、もう言い返す気にもならない。

咲良の指が肌の上を滑り、ツボの位置を確認している。見当をつけると、一気に鍼が打たれた。まったく迷いのない鍼だ。

人の躰に鍼を刺すことに、駿はいまだに躊躇いがあった。もしもツボを外していたらと思うと、指先が震えてしまうことがある。

何よりも鍼の痛みを知っているからこそ、相手の気持ちを考えてしまうのだ。

「どうかしら」

咲良が次々と鍼を打っていく。

「気持ちが良いです。躰が楽になっていく気がします」

「失礼ね。気がするんじゃなくて、本当に楽になっているんだから」

「それはすみませんでした」

怒らせたら、どこにどんな鍼を打たれるかしれない。言葉には気をつけなければならなかった。

「初めから、そう言えばいいのよ。お灸も据えてあげるわね」

咲良の白魚のような細い指が、もぐさを細かくほぐして支度をする。

「咲良さんって、どうして杉坂鍼治学問所に入ったんですか」

「何を藪から棒に」

「ここの門下生って、盲人が多いですよね」

「御公儀が盲人の保護のために支えている学問所だからね」

「俺のように目が見える門下生はわずかだし、女子はもっと少ないです」

「そうね。女子の門下生は、わたしを含めて数えるほどしかいないわね」

「だから、どうしてなのかなって」

また、咲良の指先が駿の躰に触れて、ツボを探しはじめる。

「鍼灸医になりたいからに決まっているでしょう」

「そりゃそうでしょうけど、そもそもどうして鍼灸医になりたいんですか」

「女子が鍼灸医になっちゃいけないっていうの？」

「そんなことはないです。人はなりたいものになるべきです」

「駿は、その言葉が好きね」

咲良の指が駿の躰を強く押した。

「涼がよく言っていたんです。あいつはすごい奴なんです。侍になるって言って、本当に成し遂げちまうんですからね」

「いつも涼くんの話をするとき、駿は楽しそうね。わたしもいつか涼くんに会ってみたいわ」

「そうですね……」

涼が切腹させられたことは、咲良には話していなかった。隠し立てしている訳ではなかったが、なかなか言い出す切っ掛けがなかった。

「わたしにも涼くんみたいに立派な弟がいるの」

「それって、つまり……」

「わたしの父上である後藤信右衛門《ごとうしんえもん》は、御公儀の御家人《ごけにん》なの」

「咲良さんって、お武家様の娘だったんですか」

気が強い訳である。薙刀《なぎなた》を振りまわしている姿が似合いそうだった。

「父上の子供は、わたしと弟の二人。弟の伸介《しんすけ》は齢十二になるわ」

「咲良さんの弟さんが嫡男なら、お父上様もご安心ですね」

「そうなるはずだったの」

咲良の声が曇る。

「何かあったんですか」

思わず躰を起こして、振り返ってしまった。

咲良が目を真っ赤にしている。その目からは、今にも涙が零れ落ちそうだった。

泣き顔を見られたくないのか、駿は咲良の手によって肩を押され、再び俯せに戻されてしまう。

「伸介は十歳のときに流行病にかかって、三日三晩にわたって高い熱で苦しんで、さがったときには目の光を失っていたの」

「目が見えなくなったんですか」

新太郎と同じだった。

高熱が幾日もつづいた後で、目が見えなくなる者は少なくない。新太郎のように十五歳というのは珍しいことだが、子供ではよくあることだ。

「伸介は学問も武芸も、それは秀でた才を持っていて、父上の自慢の息子だった」

「お父上のご無念、お察しいたします」

「そうね。たしかに父上は無念だったと思うわ。でも、苦しんだのは、むしろ母上のほうだった。伸介を看病していた母上は、目が見えなくなったことで、ご自分を責められたの。今度は母が病の床につき、弱り果てて亡くなってしまった。伸介の目が見えなくなってからわずか一月のことよ……」

咲良がもぐさを小さく千切って、駿の躰のツボの上にひとつずつ置いていく。

「……それから一年の後。母の一周忌を終えてすぐに、父上は上役の勧めで、後添《のちぞい》を迎えたの。上役の方の娘だから、断れなかったみたい。夫と死別して後家になっていた人で、三歳の男の子の母親だった」

「それって、まさか……」

「そうね。目の見えなくなった伸介に代わって、三歳の連れ子が、後藤家の跡取りになったっていうことよ」

咲良が線香で、もぐさに火を点《つ》けていった。

駿の背中や足裏に、じんわりと熱が伝わりはじめる。

「そんなのひどいじゃないですか」

「御家人の間では、珍しいことではないわ。目の見えない伸介が父上の御役を継いで登城することはできないんだから。後藤家を守るためには、いずれは養子を迎えなければならない。後妻と跡取りを同時に迎えられたんだから、後藤家にとってはとても喜ばしいことなのよ。しかも、父の上役の娘さんとそのお子なんだから」

だが、咲良の声は、少しも嬉しそうには聞こえない。

「仲介さんはどうなるんですか」

「十五歳になったら、検校を目指して鍼灸を学ぶため、杉坂鍼治学問所に入門することになっている。これも上役の方が手配りをしてくださったお陰なの」

「それって、仲介さんを体《てい》よく追い出すってことじゃないですか。咲良さんはそれで良いんですか」

燃え尽きたもぐさの灰が濡れた手拭いで拭き取られた。背中や足裏がひんやりする。

さらに新しいもぐさがのせられた。先ほどよりずいぶんと大きい。

「仕方ないのよ。武家にとって家を守ることは、何よりも大事なことなんだから」

「侍は、家族よりも家のほうが大事だって言うんですか。そんなのおかしいです」

再び、もぐさに火を点けられた。

「だから、わたしが弟より先に家を出て、ここに入門したんじゃない。わたしはお嫁には行かないって決めたの。わたしが仲介の目となり手足となって支えてあげるの」

「それが咲良さんが入門した訳だったんですね」

「このことは大森検校様しか知らない話なんだからね」

「もちろん、誰にも言いませんよ」

「しゃべったりしたら、ただじゃおかないから」

咲良が駿の背中のもぐさに、フーッと強く息を吹きかける。

「あちっ！　熱いっ。咲良さん、熱いです！」

「わかったわね」

「わかりました」

駿はもぐさの熱さに、堪《たま》らずに跳ね起きた。

三

駿は、惣吾と二人で富岡八幡宮《とみおかはちまんぐう》にお詣《まい》りした帰り道に、門前仲町《もんぜんなかちょう》の蕎麦屋で天ぷら蕎麦を食べていた。

駿が生まれ育った玉宮村は、米との二毛作で小麦を作っている。うどんを食べることはあっても、蕎麦は滅多に口にできない。

軽井沢宿の団子屋で仕事をしたことがあって、その頃には何度か蕎麦を食べることがあったが、具材は茸や山菜だった。

それが江戸では、海老《えび》や鱚《きす》などの魚介を天ぷらにして温かい蕎麦と一緒に食べる。

惣吾は駿と同様に目が見える。ときどき、駿を江戸の町の遊びに連れ出してくれた。

今日の飯代も、惣吾の払いである。

衣食住は学問所で賄ってくれていたが、銭を得られるのは間市がくれる往診の手伝いの駄賃だけなので、惣吾の厚意はとてもありがたい。

裕福な商家の息子で、仕送りもたくさんもらっている惣吾にすれば、駿にご馳走《ちそう》してくれるくらいのことは、なんでもないことなのだろう。

それでも江戸に身よりのない駿からすれば、良い兄貴分ができたような気がしていた。

「こんな美味い食べ物があるなんて、やっぱり江戸ってすごいです」

濃い出汁をたっぷりと吸った海老の天ぷらにかぶりつきながら、駿は惣吾に笑いかけた。

「当たり前だろう。神君家康公が開府されて、将軍様が治められているんだぞ。江戸は天下一だよ」

「京や大坂よりもですか」

「それは知らねえ」

「えっ？」

「だって、俺は江戸で生まれて、江戸で育ったんだ。高輪大木戸《たかなわおおきど》から先は一歩も出たことがねえ」

「なんだ。じゃあ、本当に江戸が天下一なのか、わからないじゃないですか」

駿も生まれてからずっと、玉宮村しか知らずに育った。玉宮村が駿にとって、この世のすべてであって、それに不満も疑問も持ったことはなかった。

それが涼と一緒に軽井沢宿に団子屋の商いを手伝いに行ったことで、知らぬ町の知らぬ仕事に触れることになったのだ。

世の中には、自分の知らないことがたくさんある。

涼が、明日葉《あしたば》と名づけた山桜の古木の下で、吉田兼好《よしだけんこう》法師が書いた『徒然草《つれづれぐさ》』を熱心に読んでいたことが思い出された。

あの頃は難しい書物ばかりを読んでいる涼の気持ちがちっともわからなかったが、江戸に出てきた今ならば、少しは心持ちがわかる。

「江戸は人がたくさんいて、だから仕事もたくさんあって、誰もが食うに困らない暮しをしていますよね。だけど、田舎の村では飢饉がつづけば、年貢どころか自分たちが食べるものにも事欠く有り様です」

「なるほど。そういえば俺の家でも、小僧さんたちは口入れ屋を通して田舎から売られてくる子ばかりだったな」

貧しい村では口減らしに子供を口入れ屋に売る。そういう子供たちは、江戸の商家において、十年くらいの年季で奉公をすることになる。田舎からの奉公人は、男女の区別なく五、六歳の幼子がほとんどだ。

「誰もがなりたい自分として生きられる町が、本物の天下一ってことなんじゃないでしょうか」

「俺は難しいことはよくわからねえけど、駿が言っていることは、正しいような気がするぞ」

惣吾が頰を揺らして、人の好さそうな顔を崩す。

「惣吾さん。蕎麦の汁を飛ばさないでくださいよ。汚いなぁ」

「ごめんごめん。でも、どうせ同じものを食ってるんだから、気にするなよ」

「そういうことじゃなくて……」

本当に憎めない人だ。

駿は苦笑した。

「惣吾さんは、なぜ杉坂鍼治学問所に入所したんですか」

「なんだよ、唐突に」

「いや、なんとなくですよ」

咲良から鍼灸を学んでいる訳を聞かされてから、いろいろと思うところができた。

人には誰でも抱えている事情というものがある。

駿は、鍼灸医になって困っている人を助けたいと思っている。

そのためには医学を学ぶだけでなく、人の痛みや苦しみをわかってやれる人にならなければいけない。

「前にも言っただろう。俺はさ、浅草の古着屋の五男坊なんだ。店は繁盛していて、まあそれなりに裕福なんだけど、跡取り息子も五人目となると分家も他家への養子もままならねえからな。親からは医者か僧侶か、どっちかを選べって言われて、坊主は修行が辛そうだから医者を選んだんだ」

「でも、なんで鍼灸医なんですか」

医者には、漢方医や蘭方医もある。

「よくわかんないんだけどさ。目の見えない奴が鍼を打ってるんだから、目の見える俺でもやれるんじゃないかって思っただけさ」

「本当にそんな事情なんですか」

だとしたら、がっかりである。

蕎麦を食べ終えた惣吾が、茶を飲みながら爪楊枝《つまようじ》を使っていた。その様子を見ていたら、不意に疑わしき思いが頭の中で湧き起こった。

「惣吾さんは、どうしていつも俺に良くしてくれるんですか」

「なんだよ、出し抜けに」

「だって、今日だって坂口先生に急な患者が入って俺の講義が休みになったからって、わざわざ富岡八幡宮に連れてきてくれたじゃないですか。俺は休みですけど、惣吾さんは講義があったでしょう」

　駿や咲良は初等教育の講義を受けているが、入所六年目で齢二十一になる惣吾は、中等教育を学んでいた。今日も講義はあったはずだ。

「俺くらい長いこと学問所にいると、たまには怠けたくなる日もあるんだよ」

「本当にそうですか」

「なんだよ」

「もしかしたら俺が百姓の子だから、優しくしてくれてるんじゃないんですか」

　同じ部屋で寝起きをしている川並新太郎は武士の生まれであるし、松吉は裕福な札差の家の子だ。

　そもそも杉坂鍼治学問所は盲人のための教育をしているので、身分を問わずに入門者はいたが、それでも駿のような百姓の子は珍しかった。

「百姓か商人かなんて、関係ねえだろう。駿は駿だよ」

「そう言ってもらえて、すごく嬉しいです。でも、惣吾さんは初めて会ったときから、俺に目をかけてくれていました。それは俺が貧しい百姓の子だったからなんじゃないですか」

　食べ終えた蕎麦の丼が、二人の前に並んでいる。

　目を落としていた惣吾が、ゆっくりと顔をあげた。駿が見たこともないような、強張った表情だった。

「似ていたんだ」

「俺が、ですか？」

「ああ。そうだ」

「俺が誰に似ていたんですか？」

惣吾が湯呑《ゆの》みを取りあげる。だが、口をつける様子はなかった。

「俺の家は古着屋だって言っただろう。浅草では老舗の店で、奉公人も三十人ほど使っているんだ。俺が九歳の頃のことなんだけど、奉公人の中に末松《すえまつ》という六歳になったばかりの小僧がいたんだ。会津《あいづ》の小さな村の生まれで、大雪の年に口減らしで売られて来た。俺は五男坊で兄弟の中では一番下だったから、末松が小僧奉公に来てくれたことで、なんだか弟ができたみたいで嬉しかった。小僧といっても六歳では担える仕事は高《たか》が知れているから、九歳の俺と遊ぶことも末松の役目みたいなところがあったし」

「末松が俺と似ていたんですね」

「初めて駿を見たとき、驚いたよ。もしも末松が大きくなっていたら、きっとこんな風だったんだろうなって」

惣吾が、遠い目をするように目線をあげる。

「それって、まさか……」

「うちの店に来て三年後の冬のことだ。末松は流行病にかかって寝込んだんだ。末松に病をうつしたのは、他の誰でもない。俺だった」

　惣吾が苦しげに、唇を噛み締めた。

「病をうつしたのが惣吾さんかどうかなんて、わからないじゃないですか」

　惣吾が首を左右に振る。

「それがわかるんだよ。先に流行病にかかったのは、俺なんだ。流行病は人から人にうつる。高い熱で幾日も寝込んだ俺の床には、家族でさえも近寄らなかった。仕方ないよな。長男ならともかく、五男坊の俺が死んでも、家族だって諦めがつく」

「そんなことはないと思います」

「それがあるんだよ。老舗の商家なんて、そんなものさ。店を守ることが、何より大事なことなんだ」

「だけど、看病してくれた人だっていたんじゃないですか」

「ああ、いたよ。でも、それは家族ではなかった。ずっと俺の傍で面倒を見てくれたのは、まだ九歳の末松だった。末松が世話してくれたお陰で、俺は死なずに済んだ。でも、俺の熱がさがったのと入れ替わるように、末松が高い熱を出した。そして末松は本復することなく、そのまま亡くなってしまったんだ」

　惣吾が手を握り締めている。固く握られた拳が、かすかに震えていた。

「惣吾さん。辛い思いをしたんですね」

「俺は辛くなんてないさ。こんなのは広い江戸では、どこにだって転がっているような話だ。別に珍しくもない。それに、俺は気楽に生きているからね。だけど、本当にかわいそうなのは末松だよ。幼いうちに親に売られて、知らない土地で大人と一緒に仕事をさせられて、挙げ句の果てに流行病にかかっても、小僧奉公人なんて満足に医者にも診せてもらえない。それで死んじまったんだから、これほど辛いことはないだろう」

「それで医者を志したんですね」

「違うよ。五男坊なんて、どこにも居場所がないからだよ」

「本当にそうなんですか」

今まではそのまま受け止めていたが、末松のことを聞いた今は、惣吾が照れ隠しに惚《とぼ》けているようにしか思えなかった。

「どうかな。正直に言えば、自分でもわからないんだ。でも……」

ここで惣吾は、ずっと手に持ったままだった湯呑みに視線を落とす。

「……末松が俺のことを一生懸命に看病してくれたことだけは、きっと忘れないと思う」

そう言って、双眸《そうぼう》を和ませた。

駿は、胸が熱くなる。

「惣吾さん。俺のこと、末松の代わりに弟だと思っていいですよ」

惣吾が驚いたように、見つめ返してきた。

「やっぱり、俺の勘違いだ。おまえはまったく末松には似てねえ。末松は駿みたいに生意気で図々《ずうずう》しい奴じゃなかった」

「なんですか、それ」

「食い終わったんなら、もう行くぞ」

惣吾が照れ臭そうに顎の下を掻きながら、椅子から立ちあがる。

駿は零れる笑みを隠さず、その後を追った。

四

「美味しいね」

駿は昼餉の握り飯を頰張りながら、隣で膳に向かっている松吉に話しかけた。

「俺には見えないけど、今日の昼餉も握り飯が二個と菜漬《なづけ》が少し添えられているだけなんだろう」

松吉も手にしたひとつ目の握り飯を口に運ぶ。

「うん。昨日と同じだよ」

「一昨日も同じだ」

「毎日、握り飯が食べられるってことだ」

杉坂鍼治学問所の門下生には、妻帯者など、通いで学んでいる者も少なくない。駿のように住み込んでいる者には、日に三度の食事が出された。

朝餉は山盛りのご飯に青菜の味噌汁《みそしる》。ときどきはこの青菜がしじみに替わる。副菜は漬物だけだが、前夜の残り物の野菜の煮付けが出されることもあった。

昼餉は米を炊かないので、朝の残りのご飯で握り飯が作られる。

夕餉は朝と変わらぬが、焼き魚が振る舞われることもあった。

「駿は握り飯が好きなのか」

「だって、こんな大きな握り飯が二個もあるんだよ。俺の村では、浅間焼けによる飢饉が起きてからというもの、こんな贅沢《ぜいたく》な昼餉は月に一度も食べられないよ」

「そうなのか。俺は米に窮したことがないからな。申し訳ないけど、駿の気持ちはわからないよ」

松吉が、本当にすまなそうに眉間に皺を寄せた。

松吉の父親は、大倉屋《おおくらや》丸十郎《まるじゅうろう》という神田の札差だ。

武士が知行米や禄米を換金していたのが、札差である。前借りをする武士も多かったから、札差は高利貸しとして莫大な財を成した。

「やっぱり、札差って金持ちなのか？」

握り飯を食べていた松吉の口の動きが止まる。

「気になるかい」

「ごめん。気に障るよね」

松吉が首を左右に振った。

「別に腹を立てたりはしないさ。札差の子に生まれたからには、こういうことにも慣れちまうから」

駿は、何も金持ちを難じたりする気持ちは、これっぽっちもなかった。ただ、松吉がどんな思いで鍼灸を学んでいるのか、聞いてみたかっただけだ。

「本当に？」

「ああ。心配しなくてもいいよ」

「良かった」

駿は胸を撫でおろす。

「俺の親父は、ずいぶんな粋人《すいじん》だそうだ。もっとも、俺は見えないから、親父がどんな人なのかはわからないけど」

「松吉さんは、ずっと目が見えないんだよね」

「うん。生まれたときから、この目は開かなかった。だから、そもそも見るってことがなんなのか、それさえもわかっていないんだ。今からするのはすべて人から聞いた話だよ……」

そう前置きして、松吉が話しはじめる。

「……親父が流行の本田髷《ほんだ》にして上野広小路を歩いていたとき、水茶屋の客の幾人かがこれを笑ったそうだ。駿は知らないかもしれないけれど、本田髷は吉原に出入りする粋人に流行《はや》った結い方なんだって。遊び人は挙《こぞ》って本田髷にしたらしいけれど、まっとうに商売をしている人からすれば、馬鹿にしたくもなるものらしい。でも、親父はひどく怒って、その水茶屋の床から壁まで何も彼もを打《ぶ》ち壊した。客は逃げ出して、店の主人が謝っても、親父はやめることはなく、店が使い物にならないほど壊してしまった」

「いくらなんでも、そんなひどいことをして許されるの？」

「許されることじゃないよね。でも親父は、散々に店を壊して腹の虫が治まると、懐から五十両の金子を取り出して、店の主人に普請代だと言ってわたしたんだ。広小路の床見世の普請だよ。一両だってお釣りがくるそうだから、主人は大喜びだったろうね。気が晴れた親父にすれば、五十両など安いものだった」

「信じられないよ」

「俺もこの話を聞いたとき、初めは嘘かと思った。でも、親父に訊いてみると、言い訳するどころか、むしろ武勇伝のように自慢したんだ。札差って、そういう人間なんだよ。

親父はね。自分が手にした小判すべてに、丸に十の極印を打ったんだ。本当なら天下の小判に傷をつけることなんて許されることじゃないけれど、大身の札差である大倉屋丸十郎が信を付けた小判として、むしろ町では評判になった。丸十小判って言われて、御公儀も黙認する有り様だよ」

「信じられない……」

駿はあまりに驚いて、惚けたように口を開けてしまう。

「……松吉さんの親父さんって、そんな偉い人だったんだ」

「偉くなんてないさ。俺からすれば、駿のほうがよっぽど偉いよ」

松吉が、再び握り飯に齧りついた。ゆっくりと米を味わうように嚙み締める。

「そんなことはないだろう」

「あるさ。米を右から左に動かすだけで莫大な利を得て、自分では何ひとつ産み出すことのない札差なんかより、この米を一粒ひとつぶ、丹精込めて作ってくれている百姓のほうが、俺はずっと偉いと思っている」

松吉は見えぬ目で、手にした食べかけの握り飯を、じっと見つめている。

「あのね。梨庵先生と初めて会ったとき、まるで物乞いみたいな襤褸《ぼろ》を纏った姿で、村はずれの古木の下に倒れていたんだ」

駿は松吉に向かって語りかけた。

「梨庵先生は病を患っていたのか」

「ううん。腹が空きすぎて、動けなくなっていただけだった」

駿は戯けた笑みを零しながら、ヒラヒラと右手を顔の前で振ってみせる。無論、松吉には見えないことはわかっていた。

「空腹だったのか」

松吉が胸を撫でおろす。

「七日も何も食べていなかったらしい。それで俺が野良仕事の合間に食べようと思って支度してあった握り飯をあげたんだ。たった一つしかない大事な昼餉だったのに」

「梨庵先生は遠慮されたのか？」

「いや。瞬く間に平らげた」

駿と松吉は、同時に吹き出した。

「そうか。遠慮なさらずに食べたか」

「それどころか、ひとつでは足りぬと、お代わりを求められた。仕方なく、一緒にいた俺の友達の涼も握り飯を差し出したよ」

「余程、腹が減っていたんだな」

駿は笑顔のまま首肯する。

「握り飯を食べ終えると、夜露をしのげるところを知らないかと尋ねられたから、住職が逃げ出して廃《すた》れた寺を教えてあげた」

「まるで物乞いだな」

「うん。俺も初めは物乞いだと思ったよ。だけどね。その夜に、ずっと病で床についていた涼の母ちゃんの具合が、今にも死んでしまいそうなほど悪くなったんだ。俺と涼は前橋まで行って必死に医者を捜しまわったけど、銭のない貧しい百姓のところへなど、誰も往診に来てくれなかった」

　そこまで話して察したようで、

「それで梨庵先生が治療されたんだな」

　松吉が身を乗り出した。

「一宿一飯《いっしゅくいっぱん》の恩義があるからって言ってた」

「握り飯一個と廃寺で、一宿一飯の恩義か」

　知らなかったとはいえ、梨庵ほどの高名な医者が診てくれることを思えば、ずいぶんと安い治療代である。松吉が苦笑するのも頷ける。

「そうだね。梨庵先生は二個食べたけどね……」

　駿が道化ると、松吉はさらに大きく肩を揺らした。

「……梨庵先生は今では、日ノ出塾という手習い所に居候をされながら、村の人たちの治療をしているから、寝食には困らないはずなんだ。なのに、昼餉は握り飯しか食べないんだよ。いくら書生が気を遣っても、必ず、握り飯だけでいいっておっしゃっていた。おかしな医者だよね」

駿が苦笑すると、

「俺には、わかるような気がするな」

松吉がふたつ目の握り飯に手を伸ばしながら言った。

「どういうこと？」

「行き倒れて死にそうになったときに、駿の握り飯に助けられたんだ。それがきっかけで、医者として仕事をすることもできている。きっと、駿への感謝を忘れないために、日に一度は握り飯を食べているんじゃないかな」

「あの梨庵先生が、そんな殊勝なことをするかな」

駿は小首を傾げてみせる。

「たしかに、ここではいつも咲良さんの尻を撫でて叱られていたような人だからな」

松吉がそう言いながら、本当に美味しそうに握り飯を頬張った。

五

杉坂鍼治学問所の鍼の講義では、門下生が二人組を作ってお互いに打ち合った。

駿は今日も咲良を相手に、鍼の練習を行っている。駿が咲良の項に鍼を打つと、

「ちょっと、痛いじゃないの！」

部屋中に大声が響きわたった。

「そこ、うるさいぞ」

講義を指南している坂口の叱責が飛ぶ。

「すみません」

駿は詫びの言葉を口にする。

大声をあげたのは咲良なのに、なんで自分が叱られなければいけないのか納得はいかないが、そんなことを咲良に言おうものなら、倍にして言い返されることは火を見るより明らかである。

いや、そもそも咲良に言い返せるほどの度胸があれば、練習の相手など務めていない。

講義部屋には三十人ほどの門下生がいて、初等教育の講義を受けている。

盲人が八割ほどで、晴眼者が残りの二割だ。

これからの暮らしがかかっている盲人は、鍼灸医や按摩を仕事とするために、誰もが真剣に講義を受けている。

その一方で、晴眼者は家の都合で学問所に押し込まれた者も少なくなく、講義でも不真面目な態度で臨む者が目についた。座学で寝ていたり、実習でも遊び半分に見える者

がいた。

抱えているものが違うということが、人の生き方を左右する。

人は何を学んだかではなく、なんのために学んだかが大事だ。

それを知ることが学問の成就を決めるのだ。

「今日はいつもとは違う相手と組になってもらおうか」

坂口が指示を出した。

講義で鍼灸の実習をするときは、決まった相手と組になる者が多い。

実習とは鍼灸の効き目を確かめながら腕を磨くものだ。ならば毎回のように相手を替えて、できるだけ多くの者と組むほうが良いに決まっている。

ところが実際には、ほとんどの門下生がいつも同じ相手と組みたがった。

未熟な者同士で相手の躰に鍼を打ったり、火のついたもぐさで灸を据えたりするのだ。痛みをともなうことも多い。

信頼できない相手とはやりたくない。そもそも、親しくもない他人の肌に手で触れることを、心持ちとして良しとしない者も少なくなかった。

医者となれば、そのようなことを言っている訳にはいかないのだが、人というものは理屈通りにはいかないものだ。

坂口の指示が出ると、駿はこれ幸いと、咲良から逃れるように松吉と相手を替わった。

それまで松吉と組んでいた新太郎と咲良が組むことになる。新太郎に、心の中で詫びた。周囲を見ると、駿たち四人を除くと、誰も相手を替えていない。いつもの相手とそのまま実習をつづけていた。

坂口の目が見えないことを良いことに、指示を守らないのだ。これも初等教育の講義では、実に見慣れた様子だった。

良くないことだと思う。惣吾に聞いた話だが、中等教育の講義では、そのようなことは有り得ないそうだ。

座学の講義でも同じ様子が見られた。指南役の講師が盲人であることから、平気で居眠りをするなど良いほうで、筆録もせずに浮世草子の『好色一代男』を読んでいるような者もいた。

学問所の講習は遊びではない。実習も座学も、医者になるための大切な学問なのだ。だが、抱えているものは人それぞれだ。歩む道を決めるのは、誰もが己自身なのだ。

駿は首を左右に振ると、松吉の躰に鍼を打った。

うららかな陽が満ちる。この日も講義が終わると、駿は裏庭へと向かった。

ここで休憩を取りながら、涼の手紙を読み返す。いつしか、それが駿の心の安らぎになっていた。

裏庭に出ると、新太郎がいた。

ぼんやりと濡れ縁に腰かけて、庭で跳ねるように遊んでいる二羽の黄雀《こうじやく》を目で追っている。小鳥が戯れる姿は、いつ見ても心が和むというものだ。

いや、そんなはずはない。

「新さん？」

駿は驚きの声をあげた。新太郎が怯えた顔で振り返る。二人の目と目があった。

「駿……」

「見えるんですか」

新太郎の表情が、凍りついたように強張っている。

「そ、それは……」

新太郎が蒼白《そうはく》な面持ちで口籠もった。

「どういうことなんですか。新さんは十五のときに流行病で目が見えなくなったはずでしょう。それで旗本の嫡男なのに家を出て、杉坂鍼治学問所で学んでいるって言っていたじゃないですか」

「それは、そうなのですが——」

「だったら、どうして！」

死人のように蒼白な面持ちの新太郎が、

「駿。こちらへ来て、座りませんか」

やがて観念したように姿勢を正す。

新太郎に促されて、駿も濡れ縁に腰かけた。

「いつから見えるようになったんですか」

病で失った目の光が戻ったのであれば、これは喜ばしいことだった。

杉坂鍼治学問所の講義で学んだことだが、目が見えなくなった患者が、再び見えるようになることは、稀とはいえ、ない訳ではない。

もしも新太郎がそうであるなら、祝うべきことだった。だが、そうではないことは、新太郎の強張った表情から一目瞭然だった。

新太郎が深く息を吸い込み、覚悟を決めたように、ゆっくりと吐き出した。

「まったく見えない訳ではないんです」

「嘘だったんですか」

「すべてが嘘ということでもないんですが……」

消え入るほどのかすかな声で、新太郎が言葉を濁す。

「だって、新さんは旗本の嫡男だったんですよね。大きなお屋敷に住んで、綺麗なお姫様を嫁にもらって、お家を守って、上様の家臣として仕官する道が待っていたはずです」

「だからです」

「言っていることが、俺にはわかりません」

「家を継ぎたくなかったんです」

新太郎の手が震えていた。

「俺にもわかるように話してくれませんか」

「旗本の家を継ぐ者として、わたしには生まれる前から許嫁《いいなずけ》が決まっていました。親同士が決めたことですが、わたしも旗本の家に生まれた侍です。それが宿命であると、疑ったことなどありませんでした」

「では、なぜ」

「あの人に、出会ってしまったからです」

「女子ですか」

「そうです。心底から惚れました」

駿が尋ねると、新太郎は積年の胸のつかえを吐露するように言った。

「そんな馬鹿なこと」

いくら惚れたとはいえ、女子一人のために家や出世を棒に振る侍がいるなど、駿には信じられない。

「一目惚れというのでしょうか。洒落本《しゃれぼん》の中だけのものと思っていた色恋というものが、己の躰の中を熱い血潮となって駆け巡るなど、それまでは思いも寄りませんでした」

新太郎が色恋という言葉を使ったことで思い浮かんだのは、茜の顔だった。もしも駿に恋と呼べるものがあるとしたら、それは茜をおいて他には考えられない。茜はいったい今頃、どこでどうしているのだろうか。

「だからって――」

「許嫁は、わたしの父上より上役の旗本の娘なんです。旗本の家の婚儀は、御公儀の許しがいります。他に好きな女子ができたからと、おいそれと破談にできる訳もなく、かと言って、浄瑠璃や歌舞伎のように駆け落ちや心中が叶うこともありません。それでもあの方と会えなくなるのであれば、本気で命を絶っても良いとさえ思い悩みました」

新太郎の顔は真剣であり、口にした言葉に嘘や誇張がないことは間違いない。

「だから、目が見えなくなったと嘘をついたんですか」

「流行病により、幾日か高い熱を出して寝込むことがありました。それから目が霞《かす》むようになり、物が見えにくくなったことは本当のことです。夜道でなければ杖をつくほどではないにしろ、道場で同輩たちと剣術の稽古をすることはできそうにありませんでした。もっとも天下泰平の世です。戦《いくさ》がなければ、侍が剣を振るうこともありません。少しくらい目が不自由であろうとも、なんとか読み書き算盤《そろばん》さえできれば、公儀への出仕は叶うのです」

「眼鏡《めがね》を掛ければ良かったんじゃないですか」

駿も「眼鏡」というものがあることは知っている。

杉坂鍼治学問所にも、眼鏡を掛けている者は幾人かいた。眼鏡を掛けると、自分の指さえ霞んで見えなかった者でも、辛《かろ》うじて読み書きができるようになるらしい。

だが、新太郎は首を左右に振った。

「これこそ、神仏の加護であると思いました。わたしはまったく目が見えなくなったと芝居を打ち、家督を弟に譲ることを申し出ました。許嫁とは弟が祝言を挙げてくれました。それからわたしは検校をめざすために家を出て、杉坂鍼治学問所に入所したのです」

新太郎が口元を引き締めたまま、覚悟を持った面持ちで駿を見やる。

旗本の家で生まれた侍の身であることを思えば、新太郎の決断は命を賭してのものであることは駿にも想像がついた。

「ちょっと待ってください。許嫁とは弟さんが結婚したとして、新さんが惚れた女子とはどうなったんですか」

「あの方は、わたしの思いを知りません」

新太郎が視線を落とす。

「知らないって、どういうことなんですか」

「あの方には、わたしの思いを伝えてはいないということです」

「それでいいんですか。旗本としての人生を投げ打っているんですよ」

新太郎のしたことが、良いことか悪いことか、駿にはわからない。いや、おそらく間違っているのだろう。が、そんなことは頭の良い新太郎にわからぬはずがない。悩みに悩んだ末に、命をかけてこの道を選んだのだ。にもかかわらず、新太郎は己の思いを相手に伝えていないという。

「わたしのしたことは、けっして許されることでありません。あの方のことを近くで見守っていられれば、それだけで充分なんです」

「ちょっと待ってください。近くって、まさかその女子は杉坂鍼治学問所にいるんですか」

しまったとばかりに新太郎が唇を噛んだ。

「どうなんですか」

諦めたように、新太郎が口を開く。

「わたしの父上が腰を患ったことがあったんです。そのときに坂口先生が三月にわたり往診に来て、鍼灸の治療をしてくださいました。坂口先生に付いて手伝いをしていたのが、入門したばかりの咲良さんでした」

「咲良さんですか！」

駿はあまりに驚いて、濡れ縁から転げ落ちそうになった。

「治療の後で父上と坂口先生は、必ず碁を打っておられた。その間、わたしは咲良さんの話し相手をさせてもらったんです。咲良さんの笑顔を見ながら茶を飲み、菓子を食べることが、わたしにとって生まれて初めて知った至福のひとときとなったんです。咲良さんは、まさに天女のような人でした」

――それって、本当に咲良さんですよね。

喉から出掛かった言葉を、駿は慌てて飲み込んだ。新太郎には、紛れもなく咲良は天女に見えたのだろう。

「父上の腰痛が本復し、鍼灸の治療が終わってしまうと、咲良さんが我が家に来ることもなくなりました」

「それでこんな大それたことを思いついたんですか」

「許されぬ大罪だと、いずれ咎めを受ける覚悟はしています。それでも、選んだ道を後悔したことはありません」

「この話は聞かなかったことにしておきます」

他に言葉が見つからなかった。どうしていいのかもわからない。

立ちあがった駿は、信じられないものを見るように、新太郎を見下ろした。

「咲良さん。痛いですって」

駿は背中に五本の鍼が刺さったまま、逃げるように立ちあがった。

この日の講義も、駿は咲良と組になっていた。

「わたしの鍼が痛いって、子供じゃないんだから、少しくらいは辛抱しなさいよ」

「これは少しじゃないですよ」

駿はじりじりと後退《あとじさ》る。

「逃げる気じゃないでしょうね」

「もう勘弁してください」

「だめよ。わたしが鍼灸医になるための道なんだから」

駿は隣で松吉の鍼を受けていた新太郎に、

「新さん。咲良さんの相手を替わってくださいよ」

両手を合わせて泣きついた。

「承知しました」

新太郎がすんなりと頷く。

「本当ですか。ありがとうございます。新さんは命の恩人です」

駿は大袈裟に礼を言った。そのまま咲良に向き合うと、

「ということで、今日も新さんと替わらせてもらっていいですか」

頭をさげる。

「わたしは別にかまわないけど。新さんはいいの？」

咲良が少し不安げに新太郎に尋ねた。

「わたしは、ぜひとも咲良さんの鍼を受けたいと思っています」

「まあ、そうなの？」

咲良の表情が、パッと花が咲いたように明るくなった。

「天真爛漫《てんしんらんまん》で明朗快活で物言う花のような美しい咲良さんなら、病に苦しむ患者の躰も心も癒やしてくれると思います。ぜひ、わたしも咲良さんの鍼を学びたいです」

「新さんって、昔から嘘がつけない人よね」

「はい、それがわたしの取り柄です」

新太郎が咲良の前に横たわる。

咲良が新たな鍼を取りあげ、指先で新太郎の肌に触れた。ゆっくりと指先を滑らせ、ツボの位置を探っていく。

「そういえば、昔、二人でお茶を飲みながら、たくさんお話をしたわね」

「楽しかったです」

咲良が新太郎に鍼を打った。

「痛っ！」

「あら、何か言った？」

「い、いえ。なんでもありません」

新太郎が痛みに顔を顰《しか》める。それでも歯を食いしばって、声をあげなかった。

その顔は幸せそうに見える。

なりたい姿は、人それぞれだ。

涼は命をかけて、武士として死んでいった。新太郎は武士としての人生を投げ打ってまで、咲良の傍にいることを望んだ。

どちらの生き様も駿には思いも寄らない道だったが、なぜだか胸がすくような気がした。

第四章

信長の茶器

一

浅草寺の門前を東西に横切るのは広小路といわれる火除地で、東仲町《ひがしなかまち》側と材木町《ざいもくちょう》側にそれぞれ木戸があった。

駿のような田舎から出てきた百姓から見れば、江戸の往来の幅の広さは目を見張るものばかりだが、中でも浅草の広小路には、建ち並ぶ屋台見世の賑わいもあわせて驚きを隠せなかった。

浅草寺は『吾妻鏡《あずまかがみ》』に名が見えるほどの古刹である。

国替えで江戸に入府した家康公により祈禱寺《きとうでら》とされると、徳川一門や諸大名も浅草に屋敷をかまえるようになり、町として賑いを強めた。

家康公は没すると、二代将軍秀忠《ひでただ》公によって東照《とうしょう》大権現の神号が贈られ、浅草寺にも造営された東照宮に祀られた。以後、たくさんの参拝客が訪れるようになった。

「先生。次はどちらへ行かれるのですか」

駿は右手で西川間市の手を取り、左手で鍼やもぐさの入った道具箱を持って、浅草広小路を歩いていた。

浅草の小間物問屋の内儀を往診してきたところだ。本日の診療を終えるには、いささか早い。もう一人くらいは診られそうだ。

「最後は青物屋の喜八《きはち》のところに寄ることにする」

案の定、間市は七日ほど前から診ている患者の名をあげた。

青物屋とは、野菜や果物などの青果物を扱う店のことだ。

「神田の青物問屋の喜八さんですね」

あえて青物問屋と言い直す。だが、間市はとくに何も言い返してはこなかった。

喜八は、腰を痛めて間市の治療を受けていた。

今日の往診で二度目の治療になる。

「往診を終えたら、今宵は浅草に戻って一杯やるかな」

目を患っていて足下さえぼんやりとしか見えない間市も、浅草寺の賑わいを肌で感じるのか、普段より足取りは軽くなるようだ。トントンと、手にした杖が地面を打つ音も弾んでいる。

もっとも、間市が往診の帰りに寄り道をするのは、毎夜のことである。往診のついでに居酒屋へ寄るのか、居酒屋へ行くついでに往診を引き受けているのか、もはや駿にはわからない。

「お酒って、そんなに美味しいものなんですか」

駿は酒の味がわからない。正月の屠蘇《とそ》を口にしたことはあるが、ちっとも美味くはなかった。まだ酒を味わって飲んだことはない。

尋ねたのは酒への興味からではなく、毎夜飽きずに飲み歩いている間市への嫌味を込めたつもりだ。

「酒ほど美味いものはない」

間市が間髪を容《い》れずに答える。そこには一寸の迷いもない。嫌味が通じる相手ではなかったようだ。

「即答ですね」

夜毎《よごと》、蜜蜂が花に吸い寄せられるごとく酒を飲みに行くのだから、たしかにこの上なく美味いのだろう。

「酒を断たねば命がないという病を患ったとしても、酒のない人生を送るくらいならば、儂は迷いなく酒を飲んで死ぬことを選ぶ」

「医者の言葉とも思えませんが」

「わかっておる。それほど酒は美味いということだ。そもそも酒は百薬の長と言われておる」

「過ぎたるは猶《なお》及ばざるが如《ごと》しです。百薬の長といえども、過ぎれば毒になるんじゃないですか」

「誰にそのようなことを習った」

　駿の言葉に、間市が露骨に嫌な顔をする。ここまで心緒を露わにすることは珍しい。余程、酒への思い入れがあるのだろう。

「兼好法師の『徒然草』に、酒は百薬の長と言うが多くの病の原因は酒であると書いてありました」

『徒然草』は、書物が好きだった涼に勧められたものだ。残念ながら涼の生前には手に取ることはできなかったが、医者を志すようになってから読んでおいたものが、こんなところで間市を遣《や》り込めることに役立つとは思わなかった。

「人は見かけに寄らぬものよのう。駿が博識であったとは」

「能ある鷹《たか》は爪を隠すものですよ。これくらいは医学の道を歩む者にとって、嗜《たしな》みという程のものです」

「かくうとましと思ふものなれど、おのづから、捨て難き折もあるべし」

「えっ？」

「酒を飲むとろくな事がないが、それでも酒を捨てるのはもったいない。月見酒、雪見酒、花見酒などと、思う存分語り合って盃《さかずき》を重ねることは万《よろず》の興を添えると、兼好殿も申されていたはずだが」

間市が駿を見据えて、口角をあげた。

この男、本当に目が見えないのだろうか。いつもながら、疑わしくなる。

「なんだ。『徒然草』を読んでいらしたんですか」

「さすがに儂の目では書物の字は追えぬが、耳は達者であるゆえ、弟子に声をあげて読ませたことはある」

「先生も人が悪い」

「おまえが儂を試すようなことをするからだ。百年早いわ」

「百年なんて、死んじまいますよ」

「心配には及ばぬ。儂の鍼を打てば、いくらでも寿命は延びる。百年なんぞ、容易いことだ」

「無茶を言わないでください。たとえ寿命が延びたとしても、先生のお側に百年なんて、こっちから願いさげです」

「この頃の若い者は、まったく以て口の利き方を知らん。嘆かわしいことだ」

だが、言うほどに間市が腹を立てていないことは、駿にもよくわかる。それどころか、駿とのこうした遣り取りを、どこかでは楽しんでいるようにさえ見えた。

伝馬町《てんまちょう》牢屋敷《ろうやしき》を右手に通り過ぎながら、お玉ヶ池《たまがいけ》の手前を左に折れる。

お玉ヶ池は上野不忍池《しのばずのいけ》を凌ぐほどの大きな池で、かつては桜ヶ池《さくらがいけ》と呼ばれ、その畔《ほとり》にある茶屋には、お玉という看板娘がいたと伝わる。

この娘に、見目も人柄も比べることができない二人の男が同時に心を寄せた。ともに誠実な若者だった。どちらか一人を選ぶことなどできないと悩み苦しんだお玉は、とうとう池に身を投げてしまった。

人々はお玉の死を哀れに思い、この池をお玉ヶ池と呼ぶようになったそうだ。

神田須田町《すだちょう》まで歩くと、喜八屋の看板が見えてくる。

このあたりは青物の市場となっている。市場といっても、駿が知っている前橋陣屋に立つ市とは、規模も様相も大きく違っていた。

天正十年（一五八二）六月二日に本能寺《ほんのうじ》において織田信長《おだのぶなが》が明智光秀《あけちみつひで》の謀反で討たれたとき、徳川家康公はわずかな供を連れただけで堺の町を見物していたという。

天下人の急逝に狼狽した家康公は、光秀軍一万五千の追っ手の報に、もはや我が命はここまでかと、逃れることを諦めかけた。このときに家康公の脱出を導いたのが、摂津《せっつの》国佃村《くにつくだむら》の漁師たちだった。

後に家康公はこの恩に厚く報いるため、佃村の漁師たちを江戸に呼んで、獲《と》った魚を江戸城に納める御役を与えた。いかにも人徳のある家康公らしい話で、江戸で暮らす民ならば、これを知らぬ者はいない。

漁師たちは城内に納めた残りの魚を日本橋の袂で安値で売るようになり、これが江戸の魚市場の起こりとなった。

丁度同じ頃、神田川沿いの河岸から荷揚げされた青物を、神田八辻ヶ原《やつじがはら》で取引するようになった。これが神田の青物市場になった。

青物市場といっても住居を兼ねた小さな仲買商の店がたくさん集まって町になっている。喜八の営む喜八屋も、間口二間の小さな店だった。

喜八屋を訪れる主な客筋は、町の青物屋や棒手振りを稼業とする者たちで、毎日の売り物の仕入れにやってくる。他にも屋台見世で惣菜《そうざい》を売る煮売屋なども、青物を買い求めにやってきた。

喜八は齢三十を過ぎたばかりの働き盛りの男だった。妻の初《はつ》は三つ下の二十七歳で、二人には七歳の男の子と六歳の女の子がいた。

喜八は元は河岸で荷揚げの仕事をしていたのだが、船宿で女中働きをしていた初と知り合って所帯を持つにあたり、店を借りて喜八屋をはじめたのだ。

真面目を絵に描いたような男だ。

朝は暗いうちに青物を仕入れ、夜に店を閉めてからは天秤棒を担いで、売れ残りを両国広小路の飯屋や居酒屋まで商いに行った。

とにかく、よく働いた。それが仇《あだ》となり、腰を痛めてしまった。

南瓜《かぼちゃ》、大根、甘藷《かんしょ》（薩摩芋《さつまいも》）、蕪《かぶ》、牛蒡《ごぼう》、人参《にんじん》など、青物問屋は薄利多売で商いが成り立っている。たくさん仕入れて安値でたくさん売る。それが青物問屋の仕事なのだ。必然として、重い荷のあげさげがついてまわる。

「遠いところ、足をお運びいただき、ありがとうございます」

初が深々と頭をさげ、間市と駿を迎え入れてくれた。口数の少ない女だったが、女中働きで躾《しつ》けられたのか、客あしらいはそつがなく、青物問屋のそれとは思えぬほどだ。

前に来たときと同様に、気持ち良く迎えられた。

土間になっている店を通り抜けると、その奥に板敷きの一間があり、家族四人が身を寄せ合うようにして暮らしている。治療代の高い間市に往診を頼めるほど、裕福そうには見えなかった。喜八や初が着ている小袖は、だいぶ色が褪《あ》せ、袖口が擦り切れている。

道具箱を持っている駿を急き立てるようにして、間市が鍼や灸の支度をはじめた。

さっさと治療を終わらせて、早く酒を飲みに行きたいのか、いつになく手際が良い。

それでもやはり間市の腕は確かなようで、一通りの治療を終えると、満足に寝返りさえ打てなかった喜八が、床から上半身を起こせるほどになった。

「先生。俺は、どれくらいで治るんでしょうか」

喜八が、不安そうな声で尋ねる。初が寄り添うように、喜八の背中に手を当てていた。

「そうだな。先日の治療は、痛みを除く鍼を打った。今日の鍼は腫れを引かせるためのものだ。三日もすれば床をあげて、歩くこともできるだろう。だが、仕事に戻るには、少なくとも一月はかかると思ったほうが良い」

「そりゃ、いけねえ。そんなに商いを休んだら、一家四人で大川に身投げをしなきゃならなくなっちまう」

喜八が泣きそうな顔で訴える。

「大袈裟な奴だな」

「偉い先生にはわからないかもしれねえですが、俺たちのような小さな店の商人は、わずかな日銭を稼いで日々を暮らしているんです。たいした蓄えがある訳じゃねえ。できれば明日にも店を開けたいくらいです」

「馬鹿を申すな。いいか。おまえの腰の骨は、長年の荷揚げ仕事で酷使され、彼方此方《あちこち》が磨《す》り減っておるのだ。おまえが思っているよりも、怪我はずっと良くないのだぞ。儂だから一月で治せるのだ。他の医者なら半年は床から離れられんぞ」

「西川先生が評判の名医だってことは、よくわかってます。誰に訊いたって間違いのねえことです。だから、法外な治療代にもかかわらず、こうして往診をお願いしてるんですよ」

「ほ、法外とはなんだ」

間市が顔を真っ赤にして声を荒らげた。

その様子を見て、駿は思わず吹き出してしまう。

「駿。何を笑っておる」

「笑ってません」

「笑っておるではないか」

「だって、本当に法外じゃないですか」

もう我慢できなかった。ついに腹を抱えて笑ってしまう。間市が口をへの字に曲げる。

「法外とは病を治せぬ癖に金を取ることだ。儂はしっかりと患者を治しておる。だから法外ではない。それに儂は医者であって、神や仏ではない。患者を治すことはできるが、治ってもいない者を歩かせることはできんぞ」

「そこをなんとかなりませんか。実はもう銭が底をついているんです。治療代を払えるのも、今日で終《しま》いです」

「ならば、往診に来られるのも、今日で終いだな」

間市が喜八の口調を真似て言い放った。治療代を法外と言われたことを根に持っているのかもしれない。

「そんな殺生な」

「兎に角だ。やれることはやっておいた。言ったように、三日もすれば歩くことくらいはできるようになるだろう。後のことは知らん。神田にも町医者はいくらでもいるだろう。歩けるようになったら、診てもらえばいい」

間市が冷たく突き放つ。

酷い言いようではあるが、これが西川間市という医者だ。付人《つきびと》として道具箱を持っている駿からすれば、見慣れた様子である。

が、だからと言って、それが許せる駿ではない。

初の背後に隠れるように座っている兄妹《きょうだい》の姿が、幼い頃の自分や茜の記憶と重なる。目を背けることができない。いや、背けてはいけないと思った。

「あんまりですよ。喜八さんは西川先生が名医だと人伝に聞いて、藁にも縋る思いで往診を頼んできたんじゃないですか。青物問屋の商いができなければ、一家の暮らしが立ち行かないんです。助けてあげたっていいじゃないですか」

――どうせ毎晩酒を飲むくらいの蓄えはあるのだから。と、口まで出掛かったが、さすがにこれは自重した。

「おまえは物覚えの悪い奴だと思っていたが、ここまで愚かだと救いようがないな」

「どういうことでしょうか」

「儂は医者であると言ったはずだ」

「心得ております」

「患者が金を払うから、儂は医者になる。金を払わぬ者の前で、儂はただの爺さんに過ぎぬ」

「それは方便です。医は仁術です。人を救うのが医者の道ではないのですか」

「馬鹿のひとつ覚えか。もう聞き飽きたわ」

間市が光の乏しい眼を、カッと見開く。

「いけませんか。わたしは梨庵先生にそのように教えられました」

「言うことは立派だが、それで梨庵殿はどうなったのだ」

「それは……」

「江戸より所払いとなり、物乞いに身を窶《やつ》して落ちぶれているそうではないか」

「梨庵先生は物乞いではありません。身なりは貧しくても、心持ちは豊かでいらっしゃいます」

駿は、本気でそう思っている。間市に向かって胸を張った。

「治療代を取らずに鍼を打ち、米や青菜の施しを受けているそうだな。もはや医者ではなく、物乞いと変わらぬ」

「施しではありません。玉宮村の百姓は、梨庵先生の御恩に報いるために、お礼をしているんです。銭がないから、米や青菜になっているだけです」

「それを物乞いと言うのだ」

「わたしはそうは思いません」

「そうか。ならば梨庵殿が何故、江戸を追われることになったのか、教えてやろう。おまえの村の者たちが頼りにして縋っているという梨庵殿が、本当はどんな男なのか知りたいだろう」

「それは……」

たしかに梨庵がどうして杉坂鍼治学問所の医師としての職を失い、江戸を追われたのか、駿はずっと気になっていた。

「梨庵殿は御公儀の老中松平伊豆守信明《いずのかみのぶあきら》様の御殿医をしていたのだ」

「梨庵先生はそんな偉い方を診ておられたのですね」

「うむ。伊豆守様が天明《てんめい》四年（一七八四）に奏者番《そうじゃばん》に任じられる前からの付き合いだと聞いている。その後は側《そば》用人、そして老中とのぼられ、梨庵殿も応じて検校の盲官位を与えられた。上手くやったものだ」

まるで梨庵が老中の権力によって検校に出世したかのような言いようだった。

「それは御殿医としての仕事を認められてのことですよね」

「そうかもしれんし、そうではないかもしれん。梨庵殿が診ていたのは、ご老中だけではなかった。御内室様や御部屋様（側室）の脈も取っていた。三河国吉田《みかわのくによしだ》藩の江戸上屋敷の掛かり付け医だったのだ」

　間市は、暗に梨庵が松平伊豆守と深い関係で結ばれていたと言っている。

「梨庵先生は、本当に名医だったのですね」

　梨庵からはそれとなく聞いていたが、本人が軽口半分に言うものだから、どこか半信半疑のところがあった。だが、本当に梨庵は偉い医者だったのだ。

「腕は確かなものだったな。だが、梨庵殿は伊豆守様の信を裏切り、咎を受けることになった。江戸より所払い、それも中追放だ。軽くはないな」

「中追放とは、どれほどの罪なのでしょうか」

「江戸十里四方および武蔵国、山城国《やましろのくに》、摂津国《せっつのくに》、和泉国《いずみのくに》、大和国《やまとのくに》、肥前国《ひぜんのくに》、下野国《しもつけのくに》、甲斐国《かいのくに》、駿河国《するがのくに》の九か国ならびに東海道《とうかいどう》筋、木曾路《きそじ》筋、日光道中を御構場所《おかまい》（立ち入り禁止）とし、さらに闕所《けっしょ》として家屋敷は没収となる」

「それで玉宮村まで流れて来られたのか」

　なるほど江戸より十里を離れ、さらに御構場所を避けるために中山道をくだって上野国まで落ちたのには、そのような訳があったのだ。

　それまで黙って間市と駿の話を聞いていた喜八と初が顔色を変え、怯えたように身を寄せ合う。梨庵のことを知らない二人からすれば、老中やら所払いやらと、何やら恐ろしげな話だと思うのは仕方ない。

「首を刎《は》ねられなかっただけでも、儲けものよ。伊豆守様の御部屋様と許されぬ仲となった挙げ句、大罪に耐えきれなくなったお相手は、井戸に身を投げてしまったのだからな。中追放で済んだのは、伊豆守様のご厚情に他ならぬ」

「まさか、いくらなんでも……」

どこか捉えどころのない梨庵ではあったが、老中の側室と不義の仲になるなど、そこまで大それたことをするとは思えなかった。

「口では医は仁術などもっともらしいことを言うが、一皮剝《む》けば下にはどんな顔を隠しているのか知れたものではない」

間市が不遜に言い放つ。これには駿も堪忍袋の緒が切れた。ここまで師匠である梨庵のことを貶《おとし》められて、許せるはずがない。

「それでも、わたしは梨庵先生の教えを信じます」

「ふんっ。で、どうするつもりだ」

「もう、西川先生には頼みません。喜八さんのことは、わたしが助けます」

「ほほう。おまえが喜八に鍼を打つと申すか」

「わたしは見習いの身です。喜八さんに鍼を打つことはできません」

「それでは如何にして、喜八を助けるのだ。神仏にでも祈るか」

間市が頬を揺らす。

医者が神仏に頼るのは、もっとも愚かな行いだ。これほどの侮辱はない。とは言え、駿に喜八の治療ができないことも間違いないことだ。

「わたしが喜八屋で働いて、銭を稼ぎます。それで西川先生に治療代を払います」

「うむ。金さえもらえば、儂は医者となる。だが、たいした勢いで啖呵《たんか》を切ったがいいが、果たしておまえに商いなどできるのか」

「できるかできないかではなく、やるかやらないかです」

売り言葉に買い言葉ではあったが、込めた思いに嘘偽りはない。

「なるほど、諸事、やってみることか。だがな、商いというものは、気合いだけでどうにかなるほど、甘いものではないぞ」

「そんなこと、やってみなくちゃわからないじゃないですか」

何もせずに患者を見捨てようとしている間市には言われたくなかった。

「人は何故、大切な銭を払ってまで物を買うのだろうなぁ」

間市が駿を見据える。

「幸せになりたいからです」

「ほほう……」

間市が、わずかに口角をあげた。

「幼馴染みの涼と一緒に、軽井沢宿の団子屋の手伝いに行ったことがあるんです」

「涼が俺に教えてくれたんです。団子屋が売るのは、団子じゃないって」

「商いの心得か」

駿は頷く。

「涼は、団子屋が売るのは幸せだって教えてくれました。美味しい団子を食べることで、旅籠《はたご》で忙しく働いている人たちは、ひとときの息抜きになるし、長旅で疲れている旅人なら、足を休めたり、躰の疲れを癒やすことができます。目当ては団子を食べることではなくて、その先にある幸せなんだって」

涼との思い出が胸をよぎった。鼻の奥がツンとする。

「良かろう。そこまでたいそうなことを申すのであれば、儂も一口乗ってやろう。喜八の治療代は駿の掛け払いということにしてやる」

「喜八さんの治療をつづけてくれるんですか！」

「うむ。引き受けよう。それに、しばらくの間は学問所の講義も儂の往診の手伝いも休むことを許す。大森検校には、儂から話をしておくから、せいぜい商いに精を出すことだな」

「本当ですか。ありがとうございます」

「ただし、もしも掛けを払えなかったら、そのときは、おまえはお払い箱だ」

「そ、それって……」

「杉坂鍼治学問所を退所してもらう」

間市の言葉に、駿は頷くしかなかった。

二

翌朝、駿はまだ暗いうちから喜八屋の店先で働いていた。

杉坂鍼治学問所の講義は、当分の間は休むことにする。間市が約束通り、大森検校に話をしてくれたのだ。大森検校からは、毎夜に日々の講義を一人でおさらいすることとされたが、まずは十日ほどの休みをいただくことができた。

喜八の妻の初と一緒に出掛けて仕入れてきた青物を、店先に並べた。勝手がわからぬまま、初に従って品出しをする。

喜八のような目利きはできないので、青物の仕入れは幾分か割高になったが、それでも店を閉めておくよりは良いだろう。

間市も一日置きに喜八の治療に通ってくれることになっている。なんとか、喜八の痛めた腰が治って仕事に戻れるまで、店の商いをつづけていくことが大事だった。

「ちょっと、あんた何を考えてるのよ」

穏やかな朝の静寂を切り裂くように、咲良がすごい剣幕で声を張りあげる。

店先の道端にいた黄雀が、一斉に飛び立った。

「朝からどうしたんですか」

咲良の隣には惣吾もいた。

昨日の今日で、もう皆に知れ渡っている。こういう話は広がるのが早い。

「どうしたもこうしたもないわよ。また、西川先生とやり合ったんですって」

「やり合ってなんていませんよ。西川先生が梨庵先生のことをあんまり悪く言うから、少し言い返しただけです」

「少しじゃないでしょう」

「まあ、それなりに――」

「あなた、馬鹿なの？」

咲良は相も変わらず口が悪い。

「そんなに言わなくてもいいじゃないですか」

「これでも褒めてるのよ。よくぞ、あの俗物に言い返したって」

「ちっとも褒めているようには聞こえませんけど」

咲良なりに駿を後押ししてくれているのだろう。口の悪さは兎も角として。

日頃から面倒見の良い惣吾も、

「目が覚めたらすでに床があがっていたから、いったい何があったかと驚いたぞ」

駿のことを案じてくれる。

「すみません。皆さんには、後で話すつもりでした」

「駿の退所を賭けて、西川先生と果たし合いをするんだってな。講習所のみんなが聞いたら大騒ぎになるぞ」

惣吾が大口を開けて、おもしろがってるでしょう」

「惣吾さん。おもしろがってるでしょう」

案じてくれていると思ったのは取りさげだ。

「あの銭金にうるさい西川先生が、治療代を取らずに鍼を打つってだけでも驚きだぜ」

「掛け払いにして、少し待ってもらうだけです」

「それだって、すごいことだ」

「わかってますよ」

駿は溜息を吐いた。

「それで治療代を工面する目処《めど》はついているのか」

間市の治療代は高い。惣吾が案じるのももっともである。

「今日から、しばらくは俺が喜八屋の商いを手伝います。店さえ開ければ、なんとか上がりは出せるはずなんです」

「そういうことなら、俺たちも講義が終わったら手伝いに来てやるよ」

惣吾は人が好さそうに微笑んだ。

「ありがとうございます。西川先生になんか、負けませんよ」

「そうよ。その意気よ」

咲良も声をかけてくれる。

駿は、笑顔で二人に向かって頷いた。


ところが、駿の思惑は大きく外れることになった。

七日も店を閉めていたこともあり、日々の売り物の仕入れに来ていた青物屋や棒手振りが、他の青物問屋に仕入れ先を替えてしまったのだ。棒手振りからすれば、一日でも仕入れが滞れば、己の商いができない。すっかり信を失ってしまったのだ。

喜八屋の商いの多くを、町の青物屋や棒手振りの仕入れが占めていた。これを失っては、店の商いは成り立たない。

それだけではない。店先に立つのは、初と駿の二人だ。

喜八の目利きで美味しい青物を安く仕入れてきたことが、喜八屋の看板でもあったのだ。初と駿が仕入れた青物も、喜八のときとそれほど変わるものではないはずだった。

ところが、町の青物屋や屋台見世で惣菜を売る煮売屋の店主たちは、喜八が店先に立っていないというだけで、青物を手に取ることもせずに、店の前を素通りしてしまった。

喜八屋は喜八という看板で商いをしてきたのだ。店に青物が並んでいればいいというものではない。駿は、どこかで商いというものを、甘く見ていたのかもしれない。

駿が喜八屋を手伝うようになって三日が過ぎたが、店に並べた青物は半分さえも売れなかった。

新鮮だった青物が、干からび朽ちていく。中には早晩売り物にならなくなりそうで、仕入れたときより値をさげて叩き売らねばならないものも出てきた。

これではなんのために駿が手伝っているのかわからない。

「どうしてなんだよ」

駿は売れ残った南瓜や大根を、歯噛みしながら恨めしげに見つめていた。

三

駿が喜八屋を手伝うようになって五日目の夕方。大森検校から許された休みの残りは、半分の五日しかない。この日も間市が往診にやってきた。

「先生。ありがとうございます」

駿は、初と一緒に間市を迎えた。

店先に並んだ青物は、今日もかなりたくさん売れ残っている。

間市がすぐに治療をはじめた。

喜八の腰は痛みも薄れ、一人で起きあがれるほどに回復してきた。が、まだ店先に立っての力仕事は、当分は難しいというのが間市の見立てだ。

「思ったより、治りが早いようだな」

治療を終えた間市が、鍼を片付けながら言った。

「それじゃ、仕事に戻れるんですね」

喜八が喜色を浮かべる。

「そうだな。早ければあと十日もすれば、店に立つこともできよう。まあ、無理は禁物だがな」

並みの医者の治療なら半年はかかるところを一月で治せると言った大威張りも、けっして大風呂敷ではなかった。むしろ、その一月さえ早まっている。悔しいが、人柄は悪いが医者としての腕は確かだ。

にもかかわらず喜八は、

「あと十日ですか……」

嘆息して肩を落とす。

十日どころか、三日とて待てるものではなかった。

「ところで商いのほうは、どうなっているのだ」

間市が駿に問い掛ける。

「咲良さんから、様子は聞いていらっしゃるんですよね」

わかっていて訊いている。

「うむ。あまりかんばしくないようだな」

かんばしくないどころではない。むしろ店を休んでいたほうが良かったのではないかと思えるほど、商いは厳しかった。

「少し苦戦をしていますが、すぐになんとかしますよ」

負け惜しみだ。

日を追う毎に、客足は遠退いている。どうしたら離れていった客を戻せるのか、駿にも喜八にも皆目見当がつかなかった。

「そうか。ならば、商いに励んでおるおまえに差し入れだ。これをくれてやろう」

間市が絹の風呂敷で包まれた小さな箱を取り出した。

「なんでしょうか」

駿は身構えてしまう。

「茶入だ」

「茶入《ちゃいれ》って、なんですか」

「なんだ、そんなことも知らんのか。抹茶の粉を入れるのに用いる陶物《すえもの》の茶器のことだ。開けてみろ」

間市に促されて、駿は風呂敷を解いていった。時代のついた桐の箱が包まれており、さらに蓋を開けると、中には小さな壺《つぼ》のようなものが見える。

「なんですか。この古い壺みたいのは」

取り出した物を見て、正直なところ落胆した。

「壺ではない。茶入だと言っただろう。おい。高価なものだぞ。丁寧に扱え」

間市に叱られて、茶入を持つ手が少し慎重になる。

板間の上に風呂敷を広げ、その真ん中あたりに茶入を置いた。

「こんなものが高価なんですか」

疑いの目で見てしまう。

丸形に膨れた形で、色艶も茄子《なす》に似ている。高さは二寸二分（約六・六センチ）で、胴の幅は二寸四分五厘（約七・四センチ）というところだろうか。指先で摘《つま》めそうなほどで、本物の茄子よりかなり小さかった。

「これは九十九髪茄子《つくもなす》だ」

間市が両手を膝に置き、背筋を正した。

「そう言われましても……」

「おまえは九十九髪茄子を知らんのか」

上野国玉宮村の百姓といえども茶くらいは飲む。

もっともそれは大麦の種を煮だした麦茶や干した桑の葉を煎じた桑茶だった。抹茶を使った茶の湯など、貧乏な小作人には無縁であって、せいぜい書物で読んだことがあるくらいだった。

「教えてください」

素直に教えを請う。

「九十九髪茄子は、かの足利三代将軍義満《よしみつ》公が所有していたと伝えられる大名物《おおめいぶつ》だ。その後は足利家に伝わっていたが、足利八代将軍義政《よしまさ》が山名是豊《やまなこれとよ》に賜った。さらに、伊佐《いさ》宗雲《そううん》の手に渡り、これを朝倉宗滴《あさくらそうてき》が五百貫で買い求めた」

「これが五百貫ですか」

「それどころではない。宗滴から越前《えちぜん》小袖屋に質入れされていたのを、戦国の梟雄《きょうゆう》、松永弾正久秀《まつながだんじょうひさひで》が一千貫にて手に入れた。その後、弾正久秀は織田信長公へ伏するにあたり、九十九髪茄子を献上し、大和一国を領することを許されている。一千貫で買ったものと一国一城《いっこくいちじょう》を引き換えとしたのだ」

「茶器ひとつが一国と交換ですか」

「まだまだ、つづくぞ。信長公は毛利《もうり》征伐の出陣に先立って、三十八点の名物茶器を安《あ》土《づち》城から持ち出し、京の本能寺にて茶会を催した。九十九髪茄子もこの中に含まれていたが、信長公はその茶会の翌日に、明智光秀によって討たれてしまったのだ」

「では、本能寺とともに、燃えてしまったのではないのですか」

「それが違うのだ……」

間市が意味ありげに口角をあげた。たしかに燃えてしまっていれば、目の前にあるはずがない。

「……九十九髪茄子は焼け落ちた本能寺の灰の中から見つけ出され、羽柴《はしば》秀吉のちの太《たい》閤《こう》殿下に献上された」

「なんと……」

ここまで来ると、もはや二の句も継げない。

「秀吉公の死後、徳川家康公による大坂攻めにおいて、ついに大坂城落城とともに焼けてしまった」

「家康公ですか」

「だが、家康公の命により大坂城の焼け跡から砕けた破片が探し出され、塗師の藤重藤《ふじしげとう》元《げん》・藤厳《とうげん》親子により修復されたのだ。それがこの九十九髪茄子だ」

たしかに謂れを聞いてみれば、先ほどまでは古びて汚れた壺にしか見えなかったものが、悠久の時代を背負った至高の逸品に思えてきた。

「西川先生。そのような高価なものをいただいて、本当によろしいのでしょうか」

「なあに、気にするな」

間市が目元を緩め、大きく頰を揺らす。

駿は両手をつき、床に額を押しつけて礼を言った。

隣で喜八と初も、駿に倣っている。

間市は幕府により支えられている江戸随一の杉坂鍼治学問所で講義をするほどの名医である。幕府の老中や大名の脈を取ることもあったと聞く。

なるほど、間市ほどの高名な医者となると、九十九髪茄子のような天下の大名物を手に入れることがあるのだろう。

目の前の茶器がいったいどれほどの値で売れるのかは見当もつかなかったが、間市の話を聞いた限りでは、途轍《とてつ》もない高値になることは疑いない。

これで喜八の治療代を案ずることはなくなった。それどころか喜八屋の商いにも、少なくない金子をまわせるだろう。

「本当に、ありがとうございます」

「気にすることはない。どうせ、偽物だ」

「へっ?」

駿は、驚きに顔をあげた。

「これは偽物だと言ったのだ。浅草の古道具屋で十文で買ったものだ」

「お待ちください。わたしを欺いたのですか」

「当たり前だ。本物の九十九髪茄子など、儂が持っているはずがなかろう。百歩譲って持っていたとして、天地が引っ繰り返っても、おまえにくれてやる訳がない」

――そりゃそうだ。

駿は胸の内で舌打ちをした。間市のことはよく知っている。人助けのために、高価な物を手放すような人物ではない。騙された己が愚かだった。

「藁をも摑むほど困っている者を騙すなんて、酷いではありませんか」

駿は、己の形相が般若の面のように強張っているのを感じる。抑えようにも、怒りに滾《たぎ》った思いが顔に出てしまう。

「何を怒っているのだ」

「それは西川先生が、あまりにも酷い仕打ちをなさるからです」

「これは為《し》たり。儂はおまえにこの茶入をくれてやると言った。おまえはこれを見て、初めはどう思ったのだ」

「それは……」

「たいした値のものではないと思ったのであろう。だが、儂が九十九髪茄子について詳しく語り聞かせると、途端に見る目が変わった」

「だって、あのような話を聞かされれば、誰だって高価なものだと勘違いしてしまいますよ」

「結局のところ偽物だとわかると、儂に騙されたと腹を立てる」

「当たり前です」

「いいか。人の値踏みなど、そのようなものなのだ」

間市が光の消えた目で睨みつけてきた。駿は射すくめられる。

「どういうことでしょうか」

「物の値打ちとは、それを求める人の思いが決めるものだ。欲し求める思いが強ければ値打ちはあがり、あってもなくても変わらなければ値打ちはさがる」

「値打ちは人の思いが決めるのですか」

そのようなことは、考えたこともなかった。

「店先に並べた青物が売れないのは、それを欲しいと思う人がいないからだ。物の値打ちが高まれば、客は自《おの》ずと押し寄せる」

悔しいが、間市の言葉に言い返せない。

駿は目の前の茶入を見つめながら、血が滲むほどに唇を噛んだ。

四

「そもそも値打ちは人が決めるって、どういうことだよ」

両足を投げ出すようにして座っている惣吾が、ポリポリと顎の下を掻きながら尋ねてくる。

「俺もよくはわからないんですけど、たくさんの人たちが幸せになるものは値打ちが高くて、幸せにならないものは値打ちが低いってことじゃないですか」

駿は、軽井沢宿の団子屋で働いたときのことを思い出しながら、惣吾の問い掛けに答えた。

駿や惣吾たちの四人部屋に、咲良も集まっている。

三人寄れば文殊《もんじゅ》の知恵という。五人が頭を捻れば何か良い知恵が出てくるだろうと話し合っているが、一刻を過ぎても、良い案は浮かばなかった。

「だけど、青物問屋がたくさんの人を幸せにするなんて、いったいどうやったらできるんだよ。青物問屋が売れるのは青物だけだろう」

惣吾は腕を組んで目を瞑《つぶ》った。

それを聞いた咲良が、

「食べて幸せになれる青物って何かしら」

皆に問い掛ける。

「腹が減っていれば何を食べても美味いけど、幸せというのとは少し違う気がするな」

そう言って、松吉が溜息を吐いた。

「駿は団子屋で働いたことがあるんですよね」

新太郎が駿に尋ねる。

「ええ。中山道一と評判の団子屋でした」

「ということは、たくさんの人を幸せにしていたってことになりますね。その団子屋は他の店と何が違っていたんですか」

「惣右衛門《そうえもん》さんという店の主が、良い米だけを打って、それはもう丁寧に団子を捏《こ》ねていたんです。江戸ならともかく、宿場の茶屋が出すような団子は、どこだって値の安い米を打って作っているものなんです」

「そうなんですか」

新太郎には、信じがたいようだ。眉間に深く皺を寄せた。

「宿場は一見《いちげん》の旅のお客も多いから、それは仕方のないことなんです。茶屋の中には、米が小粒だったり欠けていたりして値がつきにくいような屑米《くずまい》を使って、さらに芋で嵩《かさ》を増して、小麦で繋いでいるような団子を平気で売っていたりするんです」

「なるほど。惣右衛門さんの団子屋は、本当に美味しい団子だったんですね。そういえば、米は心を込めて作るから、コメというって聞いたことがあります」

「それ、本当ですか」

駿は米を作ってきた百姓だが、初めて聞く話だった。

「さあ、爺様が言っていた話なので、本当かどうかはわかりません」

「でも、良い話ですね」

駿は笑いながら頷いた。

それを聞いた松吉が、

「でも、惣右衛門さんの団子が他の店より美味しいってことはわかったけど、それがどうしてたくさんの人を幸せにするんだよ」

首を傾げる。

「涼が教えてくれたんです。団子屋は団子を売っちゃいけないって」

「何よ、それ。団子屋が団子を売らないで何を売るのよ」

咲良が駿の顔を覗き込むようにして尋ねた。

「美味しい団子を食べることで、旅籠で忙しく働いている人たちは、ひとときの息抜きになるし、長旅で疲れている旅人なら、足を休めたり、躰の疲れを癒やすことができます。目当ては団子を食べることではなくて、その先にある幸せなんです。だから、売るのは団子ではないって」

改めて己に言い聞かせるように、駿は言葉を嚙み締める。

「青物問屋が売るのは青物ではなく、お客様の幸せってことね。江戸中のみんなが幸せになるような美味しい青物って何かしら」

再びの咲良の言葉に、皆が考え込んだ。

そのとき、駿の脳裏に幼い頃の母との思い出がよぎった。

裏山を越えた向こう側に住んでいた結衣《ゆい》の家に、母に言われて甘藷を持って行ったことがある。

結衣は、躰を悪くして長く床についていた夫の勘平《かんべい》と当時三歳になった娘との三人暮らしで、駿が甘藷を届けると、目に涙を浮かべて喜んでくれた。

「甘藷って、人を幸せにするんだ」

「たしかに甘藷って、美味しいわね。江戸でも煮た甘藷を売っている屋台見世を見かけるわ。数は少ないけど」

咲良は甘い物には目がない。

「俺が暮らしていた玉宮村は川越藩領なんですけど、甘藷の栽培を藩で奨励しているんです。多くの村で甘藷を作っています」

「たしかに武蔵国の川越は、下総国の馬加村《まくわり》（現在の千葉県幕張《まくはり》地区）と並んで、甘藷の二大産地になっていますね」

新太郎が身を乗り出した。

「駿の村では、甘藷をどうやって食べているの？」

咲良が目を輝かせる。

「麦藁や稲藁がたくさん余るから、これを使って焼き芋にします。甘藷は煮たり蒸したりするより、焼いたほうが蜜が出て、甘みも香りも強くなるんです」

「わあっ、甘藷を焼くの。美味しそう。江戸では焼いた芋を売っている店なんて見たことがないから、流行るかもしれないわね」

だが、これには新太郎が、

「江戸は度重なる大火により、火の扱いには厳しいんです。風呂でさえ武家屋敷か旅籠くらいしか許されていなくて、町人は銭湯に通っているでしょう。神田の喜八屋の店先で芋を焼くような大きな火を焚《た》いていたら、すぐに奉行所からお叱りを受けてしまいますよ」

と、すぐさま江戸の事情を教えてくれた。

駿はしばらく思案すると、

「土間の竈の上に、大きな焙烙《ほうろく》をのせて、その中で芋を焼いたらどうでしょうか」

思いついたことを口にした。焙烙とは素焼きの平たい土鍋で、豆や茶葉を炒《い》るために、どこの百姓の家でも使われていた。

「焙烙で芋を焼くなら、火事の心配はないですね」

新太郎が賛意を唱える。

「甘藷なら仕入れ値も安いですからね。川越からたくさん仕入れて、喜八屋に青物を買いに来てくれたお客さんに幸せになっていただけるように、焼き芋を安値で売るんです」

駿の言葉に、四人が同時に満面の笑みを浮かべた。

五

寛政二年神無月《かんなづき》。

駿は、一月ぶりに喜八屋の様子を見に来ていた。

「うーん。良い匂いだな」

くるるるっ。腹の虫が鳴いた。

秋の実りの食べ物として、江戸では栗《くり》が好まれている。

ところが神田喜八屋では、栗に代わる秋の味覚として、焼き芋が飛ぶように売れていた。店の前に列を成すようにして、今日も客が押し寄せている。

喜八屋の店先では、赤地に山吹色の文字で「十三里」と染め抜かれたのぼり旗が、秋の爽やかな風ではためいていた。

十三里とは、喜八屋の焼き芋の売り名だ。

——栗（九里）より（四里）美味い十三里。

九里と四里を足して十三里だ。川越は江戸からちょうど十三里の所にある。川越から取り寄せた甘藷を使った焼き芋は、焼き栗より美味いという江戸っ子らしい洒落だが、思いついたのは惣吾だ。

十三里焼き芋が人気を呼び、途絶えていた客足は前にも増して戻ってきた。

元々は喜八が目利きして仕入れた青物は、どれも安くて新鮮で美味しいのだ。

喜八の腰の怪我で、店を長く休むようなことさえなければ、客が離れることはなかったはずだ。

十三里焼き芋が、客に喜八屋の青物の味を、再び思い出させることになった。

今では喜八の躰も回復して、店先で威勢の良い声を張りあげている。

言うまでもなく、喜八の治療代の掛けは、無事に間市に支払うことができた。

駿が掛けを踏み倒して、杉坂鍼治学問所を追われるようなことにはならなかった。

「あれ、あの子は……」

十三里焼き芋を買い求める長い列に、見覚えのある男の子の後ろ姿があった。

「竹丸だ」

竹丸は亡くなった駒の忘れ形見で、新川の酒問屋緒川屋に小僧として奉公している。亀の子半纏を着て、緒川屋の暖簾と同じ臙脂色の前掛けをしていた。

竹丸は十三里焼き芋を十本も買い求める。店の奉公人たちのお八つの使いを言いつかったのだろう。熱々の焼き芋の包みを手渡されると、満面に笑みを零れさせた。

あの笑顔を見れば、竹丸が緒川屋で幸せに暮らしていることがわかる。

駿は焼き芋のように、胸の内がホカホカと温かくなった。

「駿。大変だぞ！」

駿を追いかけてきたのか、息せき切った惣吾が店先に駆け込んで来る。

「どうしたんですか、そんなに慌てて」

喜八屋の店先には、焼き芋の甘く濃密な香りが漂っていた。こんな匂いを嗅がされたら、誰だって足を止めたくなるというものだろう。

ますます十三里の人気は高まりそうだ。

「これが慌てずにいられるかよ。彼方此方《あちこち》の木戸番が、焼き芋を売りはじめているんだ」

江戸の城下には、町ごとに木戸が設けられており、盗賊や狼藉者《ろうぜき》の用心のために、夜は木戸を閉めて人の往来を止めていた。

それぞれの木戸には番小屋があって、木戸番が居住している。

木戸番には町内からわずかな手当が支払われていたが、足りぬ分は屋台見世で扱うようなちょっとした食べ物や駄菓子などを売る内職が許されていた。

「そうですか。木戸番が焼き芋を売りはじめましたか」

駿の双眸が和む。

「何を呑気《のんき》なことを言ってるんだよ。十三里があんまりにも人気だから、真似されているんだぞ」

「いいじゃないですか。寛政の江戸で、焼き芋が大流行するなんて」

「本当に良いのかよ」

「もちろんです。だって、江戸中で十三里が売られれば、みんなが幸せになれるんですから」

「だけど、それじゃ……」

母の鶴に頼まれて、甘藷を結衣の家に届けた幼い日のことが蘇る。

鶴は十本の甘藷の半分を持って行くようにと言った。

結衣の家は大人の男を含めた三人家族で、それに比べて駿の家は母と自分の二人だけだった。甘藷を五本ずつ分ける道理がわからぬ駿ではなかった。

だが、あのときの駿は、自分の食べる分が減ってしまうことを心配して、母を困らせてしまった。

——母ちゃん。今なら甘藷をみんなで分けることができるよ。

駿は惣吾に笑いかける。

「辛いことはね、誰かと分けると半分に減るんです。だけど、幸せなことはね、誰かに分けても倍に増えるんですよ」

駿は秋の風に乗って漂ってきた甘い焼き芋の匂いを、鼻の穴を大きく膨らませて思いっきり吸い込んだ。

第五章

明日葉の記憶

一

寛政三年（一七九一）弥生《やよい》。

「怪我をしているんです。先生、診てください」

杉坂鍼治学問所は鍼灸按摩の学問所で、主に盲人に向けた指南を行っていた。

ここで学んだ者は、やがて鍼灸医や按摩師として開業する。

また、学問所と併設して治療院もあり、西川間市や坂口堂庵などの腕の良い鍼灸医が、患者の治療に当たっていた。

さすがに師範の大森富一は治療院には出ないが、それでも幕府の肝煎りの学問所が運営しているとあって評判は良く、患者が絶えることはなかった。

内科を診る漢方医や外科を診る蘭方医と境を保ちながら、大名や御家人から商人や町人まで、分け隔てなく治療を行うのが杉坂鍼治学問所の方針だった。

　この日、荷車で担ぎ込まれたのは、年の頃は十八、九というところの旅装束をした女子だった。

「どうしたのだ？」

　治療院に出ていたのは、講義の手が空いていた間市だった。

　駿は間市の手伝いをしていた。

　駿も杉坂鍼治学問所に入所して、一年が過ぎている。怪我人の治療にも、幾度も立ちあっていた。

「四斗樽を荷車に積んで運んでいたら、縄が緩んでいたようで、辻の角を曲がったところで荷が崩れたんです。ちょうどそこへこの娘さんが通りかかったんで、荷崩れに巻き込んじまったんです。申し訳ないことをしました」

　怪我人を運び込んで来たのは、深川の遠州屋《えんしゅうや》という酒屋の番頭だ。

　その後ろに手代が二人いて、すっかり恐縮したように頭《こうべ》を垂れている。どうやらこの二人が荷をしっかりと積まなかったことが禍事《まがごと》を引き起こしたようだ。

　娘を見ると、額から血が流れている。

　倒れた拍子に土を被ったのか、顔は表情がわからないほどにひどく汚れていたが、出血はそれほど多くない。傷は浅そうである。

「これならば、儂が手当できそうだな」

娘が治療台の上にのせられた。

間市がたらいの湯で絞った手拭いで、娘の傷口を拭っていく。

本当ならば外科は鍼灸医の領分ではないが、町の人たちからすれば、医者の区別などほとんどわかっていない。慌てているときは、とりあえず近くの治療院に運び込むのが常であった。今までも、このようなことはよくあった。

だいぶ前になるが、産気づいた女子が運び込まれたことがあった。それはさすがに治療院に産婆を呼んで来て事なきを得た。

患者にとっては、医者に区別などないのだ。

「傷は大したことはない。頭を打ったことで、気を失っただけであろう」

娘の脈を取りながら間市が診断すると、番頭や手代たちは胸を撫でおろしたようだ。

すでに出血も止まっている。

間市が傷の汚れを拭っていると、少し痛んだのか、娘が意識を取り戻した。

「おお、気がついたかな」

間市が娘に話しかける。

「わたし、どうしたんですか」

「荷車に積んだ四斗樽が崩れて、そこに巻き込まれて怪我をしたのだ」

「荷車……」

「わかるか」

「わかりません」

娘がゆっくりと上半身を起こした。娘の顔がはっきりと見える。

駿は、娘の顔を見て、驚きの声をあげた。

「茜！　茜じゃないか！」

幼馴染みの茜が玉宮村からいなくなって、三年の月日が過ぎていた。

この年の女子の成長は早い。鬢《びん》の結い方もまったく変わっているし、顔も流れた血や土で汚れてはいたが、それでも茜を見紛うことはない。

「茜。俺だよ。駿だよ」

だが、茜は駿の呼びかけにも、まったく答えようとしない。まるで自分のことを呼ばれているのではないかのように、あらぬ方を見ていた。

「わたし……、誰なんですか」

茜が両手で顔を覆って泣き出した。

「茜は自分のことを忘れてしまったんですか」

駿は間市に尋ねた。

診療所の奥の空き部屋に敷いた床に、茜が眠っている。

一先《ひとま》ずは間市が茜を預かって様子を見ることになり、遠州屋の番頭や手代は帰って行った。駿は間市とともに、茜の枕元に座っている。

「頭を強く打ったことで、記憶を失ってしまうことがある」

「何も覚えていないのですか」

「記憶というものは、頭の中にある帳面に今までの出来事が記されているものだ。頭を強く打ったり、頭に怪我をしたりしたことで、この帳面が破れてしまい、読めなくなってしまうことがある」

間市が眉間に深く皺を寄せた。

「物忘れって、どれほどのものなのでしょうか」

「物忘れの症状は様々だ。頭を打ったときの前後だけを忘れてしまっていることもあれば、数年前まで記憶から消えてしまうこともある。生まれたときからのすべての記憶がなくなってしまったという患者もいたそうだ」

「すべてって、何も彼もですか」

「自分が何者であるかもわからぬのだ。名前さえも思い出せないという」

「西川先生なら、治せるんですよね」

間市が大きく首を左右に振る。

「文献では読んだことがあっても、この目で見たのは初めてのことだ。治療したこともない」

「西川先生は、どんな病だって治せるって言ってたじゃないですか」

「無茶を申すな。一度も診たことがない患者を、どうやって治せと言うのだ」

「でも、何か手があるんじゃないですか」

「頭の巡りを良くしたり、物忘れに効くというツボはいくつもある。鍼や灸で治療してやる。おまえの幼馴染みなのだろう。儂もやれる手は尽くそう」

いつになく、間市がもの柔らかい言葉をかけてくれた。

余程、駿の表情が切迫していたのだろう。

「ありがとうございます。茜をよろしくお願いします」

駿は両手をついて、深々と頭をさげた。

二

「茜。朝餉を持ってきたよ」

駿は部屋の障子を開けると、茜に声をかけた。

茜はすでに床をあげて、窓辺に座って外を眺めている。旅装束のままという訳にはいかないので、咲良の小袖を借りて着てもらった。

最後に茜に会ったのは、三年近く前のことだ。

今、駿は齢十八になっていた。茜は齢十七ということになる。

三年前のことが一気に蘇る。

茜の父である村名主の荒井清兵衛が、百姓一揆の企てを知っていながら、未然に止めることができなかった廉《かど》で死罪となった。

清兵衛は首謀者ではない。むしろ村名主の役目として、必死になって血気に逸《はや》る村人たちを説得していた。それでも力及ばずに、一揆は起きてしまい、清兵衛は責を問われることとなってしまった。

茜を心配した駿は、明日葉と名づけた桜の古木の下で二人で会った。駿と茜にとって、明日葉は大切な場所だった。

茜は妾奉公に行くか、それとも逃散するしかないと話していた。その翌日、茜の家族は村から姿を消してしまったのだ。

あれから茜は行方知れずのままだ。涼が切腹したことも、駿が江戸に来たことも知らなかったに違いない。

「頭の傷は痛くないかい」

茜は外を見つめたままだ。

「茜……」

駿は、今一度、声をかけてみた。

「わたしは、茜って名なのですか」

茜が振り向いて答える。

「そうだよ。おまえは茜って言うんだ」

「あなたは、誰？」

そう言った茜の瞳には、駿の姿は映っていない。

駿は愕然《がくぜん》とした。

「駿だよ。俺たちは物心ついた頃から、いつも一緒に遊んでいたんだ。幼馴染みなんだよ」

「駿……」

幼子が意味のわからない言葉を口にしたときのように、茜はゆっくりと駿の名前を呼んだ。

目の前にいるのは、茜に間違いない。茜のことは駿が誰よりもよく知っている。

物心ついたときから駿の後をついてまわり、ちょっとしたことですぐに笑って、それでいて泣き虫で、とても気立ての良い子だった。いつも駿のことを心配してくれる優しい子でもあった。

だが、ここにいるのは茜なのに、駿が知っている茜ではない。

「ごめんなさい。何もわからないんです」

茜が頭を抱えて、目を閉じた。

三年の間、茜はどこで何をしていたのだろうか。

茜の着ていた小袖は汚れてしまっていたが、咲良の話ではかなり高価な着物であるらしい。髷に差してあった鼈甲《べっこう》の松葉簪《かんざし》も、若い女子が容易く買える品ではないそうだ。

持ち物を調べさせてもらったが、銭入れは持っていなかった。金子がなくては旅ができない。誰かと一緒に旅をしていたということか。

茜には家族がいる。兄や姉と一緒だったのかもしれない。もしそうならば、今頃は離れてしまった茜のことを心配して探しているはずだ。

遠州屋の番頭には、茜のことを尋ねてくる人がいたら、すぐに知らせてくれるように頼んであった。だが、一夜が明けても知らせはなかった。

茜は、朝餉に手をつけない。

「少しは食べたほうがいいよ」

駿は優しく声をかけてみるが、茜は俯いたまま首を左右に振った。

「子供の頃さ。よく麦畑で隠れんぼをしたんだ。麦の中に俺が隠れちゃうと、茜はすぐに泣きべそをかいてさ。いつも一緒に遊んでいたんだよ」

「ごめんなさい。本当に何も思い出せないんです。あなたが誰で、わたしが誰なのか、いくら考えても頭の中が真っ白で……」

「西川先生が言ってたけど、頭を強く打ったことで、記憶を記した帳面が破れて読めなくなってるんだって。でも、躰と心をしっかりと休めれば、ちゃんと治るってさ」

これは嘘だ。でも、今は茜を少しでも元気づけたい。

「思い出すことができるんですか」

「ああ。大丈夫だから。とにかく、今はゆっくりすることが大事だよ」

駿は、咲良と新太郎と三人で、講義部屋の後片付けをしていた。

「茜さんの具合はどう？」

咲良が心配して声をかけてくれる。

「まだ何も思い出せないみたいなんです」

茜が杉坂鍼治学問所に担ぎ込まれてから、五日が過ぎていた。

「治療代は大丈夫なんですか」

新太郎が案じてくれる。

茜は杖と菅笠《すげがさ》のほかは何も手にしていなかった。近所に出掛ける格好ではない。少なくとも宿泊をするような旅の途中だったということだ。江戸に住んでいて、これからどこかへ行くところだったのか。それとも、どこかから江戸に出てきたところだったのか。

参勤交代により大名家の子女は江戸屋敷に人質にされている。入鉄砲《いりでっぽう》に出女《でおんな》と呼ばれるように、武家の女の旅は取り締まりが厳しい。が、町人や百姓の女は神社仏閣を詣でる旅と願い出さえすれば、容易に手形を出してもらえた。

この手形には、住んでいるところや関所を通るときの人数、さらには行き先などが記されている。

だが、茜は手形を持っていなかった。手掛かりは何もない。

「茜の治療代は、遠州屋さんが出してくれているんです」

遠州屋としては、茜に怪我をさせてしまった責任を感じているのだろう。治療代のみならず、杉坂鍼治学問所に宿泊代や食事代、さらにはしばらくの間の着物代として、かなりの額の金子を届けてきたそうだ。

「まあ、店の不注意で女子に怪我をさせたんだから、それくらいしても当然よね」

咲良は手厳しい。だが、遠州屋の番頭がいろいろと配慮をしてくれて、正直に言えば、かなり助かっている。

間市の治療代は高い。鍼と灸の治療をつづけているが、いったいいつになったら記憶が戻るのか、それさえもわからないのだ。

「茜さんって、どういう人だったの？」

咲良が駿の顔を覗き込んでくる。

「村名主の娘で、一緒に手習い所に通っていた幼馴染みです」

「そういうことを訊いてるんじゃないわよ」

「じゃあ、どういうことですか」

「好きだったの？」

「な、何を言ってるんですか」

「あら、赤くなってる」

「赤くなってなんかないですよ」

「なってるわよ。駿の顔は真っ赤よね、新さん。あっ、ごめんなさい」

新太郎は目が見えない。いや、少なくとも見えないことになっている。咲良が、それを忘れていたことを詫びた。

「謝らなくても大丈夫です。わたしは気にしてませんから」

新太郎は、いつまで隠しておくつもりなのだろうか。

だが、今の駿は、それどころではない。茜のことで頭がいっぱいだった。

三

駿は茜を連れて、上野の不忍池まで花見に来ていた。

弥生というのは、木草弥生《いや》い茂るが転じたものだという。

ちょうど桜が見頃の季節だ。

「まあ、綺麗。満開ですね」

春風に散った桜の花びらが、ひらひらと茜の鬢に舞い落ちる。

上野寛永寺が花見客に対して三味線や太鼓を使うことを禁じたため、どんちゃん騒ぎを楽しむ連中は、挙って向島《むこうじま》や飛鳥山《あすかやま》に移っている。

お陰で上野はずいぶんと静かになった。茜の療養にはちょうど良い。

「団子を食べようか」

歩き疲れたのではないかと、茜を水茶屋に誘う。

駿は店の前の縁台に座った。茜も寄り添うように隣に腰をおろす。

二人を見た人は、どんな風に思うのだろうか。仲の良い兄妹だろうか。それとも若い夫婦に見えるのだろうか。

「駿さん。駿さんったら」

「えっ？」

「どうしたんですか。惚けたように、心ここにあらずでしたよ」

「そうだったかな」

「そうですよ」

茜が拗《す》ねたように睨んでくる。

「ごめん。ごめん」

駿は頭を掻きながら詫びた。

「ねえ。わたしは団子が好きでしたか」

茜が微笑みながら訊いてくる。

団子が団子であることは忘れていない。着物も一人で着ることができる。満開の桜を見て綺麗だと感じるし、桜という木の名前もすぐに言葉に出せた。なのに、茜は自分のことは、名前さえ覚えていないのだ。

「ああ、大好きだったよ」

「本当に？」

照れた様子は、駿がよく知っている茜のままだ。

茜は少しずつ元気を取り戻している。話をしていると、記憶をなくしていることなど、こちらのほうが忘れてしまいそうになるほど、昔の茜と変わらないように見えた。

駿は、茜を花見に誘って良かったと思う。

「俺が軽井沢宿の団子屋で習ってきたやり方で団子を作ってやったら、茜は美味しいって何度も言いながら、一人で四本も食べたんだよ」

「えー。四本は嘘よ。駿さんの作り話でしょう」

茜が破顔して、駿の腕を打つ真似をする。

「駿でいいよ。駿さんなんて、こっちが照れ臭くなっちゃうから」

「わたしは駿さんのことを、駿って呼んでいたんですか」

「ああ、三つの頃から、駿って俺のことを呼び捨てにしてた」

「そうなんですね。でも、やっぱり、まだそんな風には呼べません。ごめんなさい」

茜が深々と頭をさげた。

「いいんだ。無理することはないから。ゆっくりと思い出していけばいいよ」

「ありがとうございます。記憶が戻ったら、そのときは遠慮なく、駿って呼ばせていただきますね」

「もう、駿って呼んでるけどな」

「い、今のは違いますよ。呼び捨てにしたんじゃありません」

駿の戯れ言に、茜が慌てた顔をする。

やはり、茜は茜のままだ。記憶がなくても、清らかな心根は変わらない。

駿は、水茶屋の茶くみ娘に声をかけると、団子を四本頼んだ。

「わたし、本当に四本なんて、食べられませんから」

茶くみ娘が奥にさがると、茜が慌てたように駿の袖を引く。

「違うよ。俺と茜で二本ずつ食べるんだよ」

「あら、わたしったら……」

自分の勘違いに気がついた茜が、顔から項《うなじ》までを真っ赤に染めた。

「良かったら、四本とも茜が食べてもいいよ」

「もう、駿さんったら、意地悪なんだから」

茜が今度は打つ真似ではなく、本当に駿の二の腕を叩いた。茜の手のひらの感触が、着物を通して肌に感じられる。

懐かしい。昔はよくこうやって、二人でふざけ合ったものだ。

「茜。ずいぶんと大人になったな」

「そうなんですか。覚えていないので、よくわからないですけど」

駿の視線が眩《まぶ》しいのか、茜の白い首筋がさらに赤味を増していく。

三年の間、茜はどこでどんな暮らしをしていたのだろうか。

訊きたいことは山ほどあった。でも、何ひとつとして、茜は答えてはくれないのだ。

「駿さんにお願いがあります」

茶くみ娘が、皿に盛られた四本の団子と二杯のお茶を置いていった。

お盆の上には、どこから紛れ込んだのか、一片《ひとひら》の桜の花びらが落ちている。

「なんだい？」

「記憶が戻るように、もっと駿さんとわたしのことを教えてくれませんか」

間市からは、茜に無理をさせないようにと、きつく釘《くぎ》を刺されていた。

駿が昔のことを教えても、それは茜が思い出したことにはならない。新しい記憶が書き加えられるだけで、けっして茜の治療には役立たないというのが、間市の見立てだった。

「慌てなくてもいいんだよ」

駿は茜を優しく諭す。

「でも、わたしは駿さんのことを思い出したいんです」

茜が無垢《むく》な瞳を揺らした。

やはり、何もかもが茜だった。

「どうして、桜を観《み》に来たか、わかる？」

駿の言葉に、茜は首を左右に振る。

「俺と茜ともう一人、涼っていう幼馴染みがいたんだ」

「りょう？」

駿は茜の手を取ると、白く小さな手のひらに、指先で涼の名を書いた。

「茜。この手……」

「どうしたの？」

茜の手は、村名主の娘として、百姓をしていた頃のものではなくなっている。田畑に鍬を打ったり、桑畑で葉を摘んだりするような固く荒れたものではなく、まるで大店の商家のお嬢様のように、野良仕事とは無縁の美しいものだった。

「いや。なんでもないよ」

駿は茜の手を、膝の上に戻してやる。

「駿さんと涼さんは、仲が良かったんですか」

「仲が良かったなんてもんじゃないさ。実の兄弟よりも深い契りで結ばれていたんだ」

茜の問いかけが嬉しくて、駿は相好を崩した。

「駿さんの顔を見れば、涼さんのことがどれほど好きだったかわかります」

「俺と涼と茜は、物心ついた頃から、いつだって一緒だったんだ。あるときに、茜が真冬の吾妻川《あがつまがわ》に落ちたことがあったんだ」

「そんなことがあったんですか？」

「茜は川に流されて溺れたんだよ」

「怖い……」

まるで今溺れたかのように、茜が両手で胸元を覆うようにして身震いする。

「茜はまだ八歳で、俺と涼は九歳だった」

「それで、わたしはどうなったんですか」

「心配しなくても、今ここにいるんだから、無事だったってことだよ」

「ああ、良かった」

安心したように、茜が溜息を吐いた。

「すぐに俺が川に飛び込んだからな」

「駿さんが助けてくれたんですね！」

茜がつぶらな瞳を輝かせる。

「そうだよ。と、言いたいところだけど、残念ながら俺も一緒になって溺れた」

駿は茜を心配させないように、ペロリと舌を出して戯けてみせた。

「わたしたちは、どうなったんですか」

それでも茜は不安そうだ。

「すぐに涼が飛び込んで、俺と茜を助けてくれたんだ」

「涼さんが、わたしの命の恩人なんですね」

茜が両手を胸の前で組んで、幾度も頷いた。

「ああ。涼は村では神童って言われていたんだ」

「そんなにすごい人なんですか」

「水練は手習い所で一番、いや師範の健史郎先生よりも上手だった。水練だけじゃないんだ。剣術も学問も、なんだって抜きん出ていたし、それなのに百姓の野良仕事だって、誰よりも一生懸命に働いていたんだ」

駿は涼のことを己のことのように自慢げに話す。

涼のことは、誰よりも駿が知っているのだ。いつだって、涼と一緒にいたのは駿だったのだから。

「でも、駿さんだって、良いところがいっぱいあると思います」

「よせよ。俺なんて、ちっとも良いところなんてないよ」

「ありますよ」

「ないよ」

「幼馴染みというだけで、自分の名前さえ覚えていないようなわたしのことでも、こんなにも親身になって心配してくださるんですよ。誰にでもできることではないです」

茜が顔を寄せてくる。プクッと頰を膨らませ、眉根を寄せた。何かを夢中になって訴えるときの茜の癖だ。

──あるわ。岩魚や山女を捕らせたら、いつだって駿が一番だし、山で平茸や松茸を見つけたり、美味しい筍を掘り当てるのも、駿は誰にも負けないよ。蛇や蛙《かえる》を捕るのだって——

そうだった。懐かしい記憶が蘇る。

涼を村一番の神童だと褒め称《たた》える姉たちや駿に、茜がむきになって食ってかかったことがあった。茜が吾妻川に落ちる直前のことだ。

そのときだけではない。茜はいつだって、駿の味方だった。

「駿さん。何をにやけているんですか。人が真剣に話しているのに」

茜が眉間に皺を寄せる。

「ごめん、ごめん。茜がかわいいなぁって思ってさ」

「急におかしなことを言うのはやめてください」

茜が横を向いて、頰を赤らめた。

「茜と一緒に、村の夏祭りに行ったことがあったんだ」

「お祭りですか」

茜が顔を綻ばせて向き直る。白い歯が眩しい。

「茜は藍地に白い朝顔を染め抜いた浴衣を着て来て、とっても似合っていたよ」

「わあ。わたしが浴衣ですか」

茜が食い入るように、駿を見つめた。深い漆黒の瞳に、吸い込まれそうになる。

あの夏祭りの夜。茜の浴衣姿を初めて見て、心を奪われた。

それまでは茜のことを妹のように思い、女子だと意識したことはなかった。いや、そんなことはない。本当は幼い頃からずっと、茜のことが気になっていた。

——わかった。蛍より、茜のほうが綺麗だって、そう思ったんでしょう。

駿が思っていることを、茜に言い当てられてしまった。

——昔から、駿が考えていることは、すぐにわかったよ。

あの夜の茜の言葉が、昨日のことのように思い出された。

茜が駿をじっと見ている。茜のことを守ってやりたいと心から思う。

「茜。俺の考えていることがわかるか」

「えっ？　急にどうしたんですか」

茜が戸惑いの表情を浮かべる。

「俺と涼と茜は、明日葉の下を秘密の待ち合わせ場所にしていたんだ」

「明日葉……ですか」

「うん。明日葉って言っても、本物の明日葉じゃなくて、俺たちが住んでいた村の裏山の向こう側の荒れ地に、嵐で真ん中から真っ二つに裂けて枯れてしまった桜の古木があって、それを明日葉って呼んでいたんだ」

「桜の古木が明日葉ですか」

「俺たち幼馴染み三人だけの秘密の場所さ」

「ふふふっ。なんだか、おもしろそうですね」

おもしろそうに茜が頰を揺らした。

「名づけたのは、涼なんだ。枯れて幹と枝だけになった山桜だから、もちろん明日葉とは似ても似つかないんだけどね」

「どうして明日葉なんですか」

「明日葉って食用にもされる野草で、葉を摘んでも明日には芽が出るくらい強いから、そう呼ばれるようになったんだって涼が言ってた。枯れた桜だって、明日には花が咲くかもしれないって。いつも涼は、夕餉に出た川魚の頭だとか、古くなって切れた藁縄だとか、傷んでしまった野菜屑だとかを持ってきて、堆肥として根元に埋めていた」

「涼さんって、優しい方なんですね。いくらなんでも枯れた桜は咲かないでしょうけど」

「そう思うだろう」

「まさか、咲いたんですか」

「涼はずっと侍になりたいって言ってたんだ。厳しい年貢の取り立てに虐げられていた百姓を、役人になって助けたいって。それで学問も武芸も死ぬほど学んで、ついに侍にお取り立ていただいたんだ」

「すごいっ！」

茜が自分のことのように喜ぶ。

「涼は役人になってからも、どうにかして百姓を救えないかって、ずいぶん悩んでいたみたいで、それで藩の偉い人たちが賄《まいない》に使うために年貢米を隠していたことを突き止めてしまったんだ。涼はその闇米を勝手に売り捌いて、得た金子を種籾さえ買えずに苦しんでいた百姓たちに利子も取らずに貸し付けたんだ」

「そんなことをして、大丈夫だったんですか」

茜が心配そうに、顔を強張らせた。

涼のことは覚えていなくても、駿の話から、自分にとっても大切な幼馴染みであることは感じているのだろう。

「涼は咎めを受け、切腹を申しつけられた」

「そんな……」

「覚悟の上でのことだったと思う」

「涼さんがかわいそうです」

茜が両の目に涙を溢れさせた。

「切腹が決まった涼が、獄の中から文をくれたんだ。それを明日葉の下で読んでいたとき、何が起こったと思う？」

「まさか……」

「そうさ。桜の花びらが舞いはじめたんだ……」

茜が両手で口元を押さえ、絶句している。頰を次々と涙が流れていた。

「……涼が、明日葉を咲かせたんだ」

「それで今日、駿さんは上野に連れて来てくれたんですね。わたしに桜を見せてくれるために」

駿は深く頷く。

「涼の文にあった最後の言葉はね、──駿よ。いつまでも駿らしくあれ。だった」

茜が泣き崩れて、駿の胸に顔を埋《うず》めた。

駿は茜の躰を優しく抱き締める。

「茜。俺は、俺らしく生きるよ」

駿は、茜の躰にまわした腕に力を込めた。

「駿さんらしく？」

駿の胸から顔をあげた茜が、上目遣いで見つめる。

「江戸一番の医者になる」

茜が驚きに目を見開いた。

「そうしたら、わたしのことも治してくれますか」

「大丈夫だよ。茜はすぐに治るさ」

茜が悲しげに首を振る。

「だって、わたしは自分の名前さえ思い出せないんですよ」

「何も焦ることはない。西川先生は必ず治るって言ってたから」

「でも……」

「茜が思い出せなくても、俺が茜を覚えている。だから心配はいらないよ」

茜はきっと元通りになる。駿は信じていた。それに、たとえ茜の記憶が戻らなくても、駿はかまわないとさえ思う。

今なら、裕福な村名主の娘と貧しい小作人の息子ではない。なんのしがらみもなく、茜と駿という、ただの二人として出会ったのだ。それだけでいいと思う。

「わたし、怖いんです」

「茜のことは、俺が誰よりも知っているよ」

駿は、さらに腕の力を強めた。

ゆっくりと顔を寄せていく。茜が静かに目を閉じた。

二人の唇が触れ合い、すべてがひとつになる。

「もう、こんな人目のあるところで……」

茜が拗ねた目で睨んできた。しかし、その顔は幸せそうな笑みに包まれている。

「くちづけをするのは、初めてではないんだ。これが三度目なんだよ」

一度目は夏祭りの夜で、二度目は茜の家が逃散する前の最後の夜だ。

「本当に？」

「ああ。それに二回とも、茜のほうから俺にくちづけたんだよ」

「また、駿さんの嘘がはじまったわ。わたしが、そんなことをする訳がないじゃないですか」

茜が桜色に頬を染めた。

「嘘じゃないよ」

「嘘じゃないんだったら、きっと駿さんが夢でも見たんですね」

茜が恥ずかしそうに、駿の胸に再び顔を埋める。

「うん。そうだね。夢だったかもしれない」

この夢が覚めないように、駿は茜の躰をしっかりと抱き寄せた。

「駿さん……」

「なんだい、茜」

「今年も明日葉、咲いているかな」

「ああ。きっと、咲いているよ」

「駿さんと一緒に、明日葉が咲いているのを見てみたいです」

「いつか、一緒に見に行こうね」

り注いだ。

「はい」

柔らかな風が吹き、ひらひらと幾片《いくひら》もの桜の花びらが、二人を祝福するかのように降り注いだ。

四

花冷えとはよく言ったもので、三寒四温で柔らかな陽が降り注ぐ日と底冷えする日が繰り返されるのがこの季節である。

今朝から霧のような冷たい雨が降っていた。

昼餉の後の講義が終わり、駿は昼八つの休憩を取っている。

すでに手あぶりを蔵に片付けてしまったので、駿は茜の小さな凍える手を両手で包み、温めてやっていた。

二人だけの束の間《つかのま》の静寂を掻き乱すように、ドタドタと賑やかな足音が押し寄せてくる。

「茜ちゃん、ここで暮らすんですって」

咲良が部屋に駆け込んでくるなり、駿の背中を平手で叩いた。

「痛いなぁ。そんな出鱈目を誰から聞いたんですか」

「西川先生からよ。あら、違うの？」

「一旦、預かってもらうだけです」

間市は茜の主治医であり、駿にとっては江戸での師匠のようなものである。茜の今後について、相談に乗ってもらったのだ。

茜の記憶は戻っていないとはいえ、怪我はすでに癒えている。本当ならば治療院を出て通って来るべきところだが、茜にはどこにも行く当てがない。

治療代は遠州屋が面倒をみてくれていたので、それに甘えることにして、もうしばらくの間、杉坂鍼治学問所で預かってもらうことになった。

ところが世話になるだけでは申し訳ないと茜が言い出した。そこで少しでも治療代の足しになるようにと、杉坂鍼治学問所で女中奉公をさせてもらえるように、間市に口添えをしてもらったのだ。

無論、それも治療の一環として、ということになる。女中奉公で躰を動かしたほうが、治療には良いとのことだった。

「おい。聞いたぞ。茜ちゃんは、ここで暮らすそうじゃないか」

惣吾が、新太郎と松吉を伴って部屋に入ってきた。

「だから、そうじゃないんですって」

駿は肩を竦める。

「そんなことより、二人は祝言を挙げるのか？」

松吉が尋ねてくる。

「な、何を言ってるんですか」

駿は驚きのあまり、噎《む》せてしまった。

「しないのか？」

「どうして、そうなるんですか。する訳ないでしょう」

「夫婦になってしまえばいいじゃないか」

「俺は入門生として学問を修業中の身ですからね。祝言なんて挙げませんよ。銭だってないし」

「なんだ。そうなのか。残念だな」

「松吉さん、いったい何を言い出すかと思えば……」

駿は茜の表情を盗み見る。茜は屈託のない笑顔で、肩を震わせていた。

「でも、茜さんがここで暮らすことには間違いないんだろう」

「茜は、杉坂鍼治学問所の勝手（台所）で、お手伝いをさせていただけることになりました」

「なるほど、これからは茜さんの料理が食べられるのか。楽しみだな」

惣吾が駿の肩に手をかけ、頰を揺らす。

「だったら、わたしたちで茜ちゃんの御祝いをやってあげましょうよ」

咲良の申し出に、

「なんの御祝いだよ？」

惣吾が身を乗り出した。

「決まってるでしょう。わたしたちの仲間になった御祝いよ」

「それはいいですね」

新太郎がすぐに賛意を表す。惣吾や松吉も大きく頷いた。

「みなさん、ありがとうございます。良かったな、茜」

「はい。駿さん」

茜が駿と顔を見合わせた後、咲良たちに向かって深々と頭をさげる。

「茜ちゃんって、駿のことを、まだ駿さんって呼んでるの？」

咲良が少し驚いた顔をした。

「すみません」

「別に謝るようなことじゃないけど。でも、二人は幼馴染みだったんでしょう」

「はい」

「まだ、少しも思い出せないの？」

茜が目を伏せ、首を左右に振る。

惣吾が明るい声で、

「駿の子供の頃なんて、どうせ悪戯ばっかりしてるようなわんぱく小僧だったんだろう。思い出せないほうが、駿にとって都合が良いんじゃねえのか」

戯れ言を言った。それにはみんなで大笑いする。惣吾の言葉に救われた。

「茜には、無理に思い出すことはないって言ってるんです」

「駿は、それでいいんですか」

新太郎が尋ねてくる。

「やっと茜に会えたんです。昔のことより、これからが大切だと思っています」

駿は新太郎へと言うより、茜に聞かせるように言った。

「もう、何よ。あんた、いつからそんな歌舞伎役者の名台詞みたいなことを言うようになったのよ。当てられちゃって、年頃の女には見てらんないわ。あーあ、わたしにも早く良い男が現れないかな。ここにこんな美人がいるっていうのに、世の中の男たちは、いったいどこに目をつけているのかしらね」

咲良の軽口を聞いたみんなが声をあげて笑う。しかし、新太郎だけはひどく思いつめた顔をしていた。

「わたしは、咲良さんのことを大切に思っています」

「ちょっと新さんったら、いったい何を言いだすの。からかうのはやめてよ」

咲良が顔の前で右手を左右に振る。

だが、新太郎は姿勢を正すと、意を決するように表情を引き締めた。

「咲良さんが、わたしの家に坂口先生のお供で通って来てくれていたときから、あなたのことが好きでした」

新太郎が咲良を見つめる。

不器用だが、新太郎らしいまっすぐな物言いだ。

「だって、ここに入所してから、一度もそんな素振りを見せたことなんてないじゃない」

「わたしは、今でも咲良さんのことを目で追わない日はありませんでした」

「目で追うって、やめてよ。新さんは目が見えないでしょう」

咲良の頰が、今にも燃えだしそうなほど真っ赤に染まっていた。

「見えます」

「えっ？　どういうこと？」

「咲良さんのことは見えています」

「そんなはずがないでしょう」

「薄ぼんやりとではありますが、咲良さんの笑顔ならばわかります。まったく見えない訳ではありません」

「流行病にかかってから、見えなくなったんでしょう」

「それは家を継ぎたくないから、親に嘘をつきました」

「ちょっと待って。ふざけてるだけよね」

さすがの咲良も、動じずにはいられないようだ。頬が引きつっている。

「ふざけてなどいません」

新太郎のほうは、すでに覚悟を決めているようだ。

「だって、新さんの家は、旗本でしょう。馬鹿じゃないの。なんで、そんな嘘をついたのよ」

「親の決めた許嫁と祝言を挙げたくなかったからです」

「だからって、そんな大それた嘘がお父上に知れたら、ただじゃ済まないでしょう」

「一徹な父上の勘気に触れれば、腹を切れとも言われかねません。事によっては、その場で手討ちにされるやもしれません」

旗本の家督相続は、公儀の許しを得て行われる。言ってみれば、上様に嘘の届けを出したことになるのだ。あながち新太郎の言葉は大袈裟なものではない。惣吾も松吉も、凍りついたように身動きひとつできなくなっていた。

「なんで、そんな無茶なことをしたのよ」

咲良が咎めるように声を荒らげる。事の重大さを考えれば、咲良が取り乱すのも無理はなかった。

「どうしても、咲良さんの傍にいたかったのです」

新太郎が絞り出すように言葉を吐く。

「馬鹿なことを言わないでよ」

「自分でも愚かなことをしたと思っています」

「だったら、なんで……」

「それでも、あなたが好きだったからです」

咲良が、わーっと大声をあげて泣き出した。

新太郎に嘘をつかれていたことよりも、むしろ自分が嘘をつかせてしまったことを重く受け止めているのだろう。

新太郎は、そんな咲良の震える背に、そっと手を添える。

それからが大騒ぎだった。

駿は、杉坂鍼治学問所の敷地内にある離れに、茜を連れていった。

間市のはからいによって、茜に宛《あて》がわれた部屋だ。

離れといっても、古い長屋である。学問所の雑務を扱う奉公人や奥を預かる女衆が暮らしている。部屋は狭いながらも、四枚の畳が敷かれていた。

「茜は、ここで暮らすんだね」

あくまで預かりの身であり、仮住まいに過ぎない。それでも茜と同じ敷地内で寝食をともにできることに安堵した。

すっかり陽が暮れてしまった。掃除を終えた駿は、腕組みをして部屋の様子を眺める。

札差の息子の松吉が、父に頼んで簞笥《たんす》や布団を揃えてくれた。古着屋の五男坊の惣吾は、茜のために小袖や羽織を用意してくれた。

咲良からは、紅や白粉《おしろい》や簪などが納められた化粧箱が届けられていた。武家の女子らしい心配りだった。駿にはとても思いつかない。

茜が畳に膝を折ると、

「ふつつか者ではございますが、末永くかわいがってください」

両手をついて頭をさげた。

畳の上で綺麗に並んだ十本の指が眩しい。

「ど、どうしたんだよ」

「惣吾さんから教えていただきました。女中奉公の初日の挨拶だって」

「もう、惣吾さんの言うことは信じちゃだめだよ」

「何か違っていましたか」

そう言いながら、茜も舌を出して笑っている。

「なんだ。俺のことをからかったな」

「これを言ったら、駿さんが喜ぶよって、教えてもらいました」

茜は澄ました顔で着物を箪笥にしまっていた。駿は、その後ろ姿に話しかける。

「咲良さんと新さん。あれから大変だったみたいだよ」

「お二人はどうなったんですか」

茜が手を止めて振り返った。

「新さんは、実家のお父上のところに謝りに行ったそうだよ。お父上は激怒されて、本当に刀を抜いて新さんを手討ちにするところだったらしい」

「まあ、恐ろしい」

茜が心底から怯えたように両手を胸の前で握って、顔を怖々と強張らせる。

「囲碁仲間の坂口先生が間に入って取りなしてくれたお陰で、なんとか刀を納めてくれたんだって。それでも勘当だとか二度と川並家の敷居は跨がせないとか、それはもう大騒ぎだったんだけど、坂口先生が必死に説き伏せて、お父上も渋々ながら許してくださったそうだ」

「ああ、良かった」

「もう家督は新さんの弟が継いでしまっているし、御公儀には目の病が少し良くなったと届け出ることにしたそうだよ」

「安心しました」

　茜が目元を和ませた。

「でも、大森検校様からは、大変に厳しいお叱りを受けたらしい。盲人の学問所に偽りの身で入所したことを、激しく叱責されたそうだ。一旦は退所の処分を言いわたされたんだって」

「新太郎さんは、ここをお辞めになるのですか」

　茜が案ずる。が、駿はすぐに首を左右に振った。

「すべてが嘘という訳ではないからね。目を患っていて、あまり良くは見えないのは本当のことなんだ。退所をするのではなく、立派な鍼灸医となって患っている人を助けるのが、此度の過ちを償う道だと仰せられたそうだ」

「大森検校様はお優しい方なんですね」

「それに、いずれは咲良さんの弟の伸介さんが入所をされることも決まっているんだ。大森検校様は新さんに、目の見えない伸介さんの学問を手助けするようにとも申し付けられたそうだ」

「それって、咲良さんとのこともお許しになったってことですか」

「伸介さんが立派な医者になるまで当分は新さんが支えることになるけどね。でも咲良さんは、たとえ何十年でも新さんのお嫁さんにしてもらえるまで待つって言ってるらしいよ」

新太郎も茜も、武家としての家柄は申し分ない。いつかは新太郎の父の勘気も緩むだろう。

「咲良さんはお綺麗だから、さぞや花嫁姿が似合うでしょうね」

茜がうっとりとして、目を潤ませる。

「茜も花嫁衣装を着たいかい？」

駿の言葉に、茜が目の下をほんのりと赤らめた。

何気なく口にしてしまった言葉の意味を思い、駿も慌てる。

「わたしは、駿さんとこうして一緒にいられるだけで、もう何もいりません。この上、何かを求めたら、罰が当たっちゃいます」

駿も、同じ気持ちだった。

「うまく言えないけどさ、茜が傍にいてくれて本当に良かったと思ってる」

「ありがとうございます」

茜が恥ずかしげに目を伏せた。

そのとき、息せき切って、惣吾が部屋に飛び込んできた。

「た、大変だ！」

「どうしたんですか。そんなに慌てて。落ちついてくださいよ」

駿の言葉にも、

「これが落ちついていられるか」

惣吾は肩で息をしながら声を荒らげる。

「何があったんですか」

惣吾のあまりの様子に、駿も不安な気持ちになった。

「茜さんを探しているって人が、訪ねて来ているんだ」

「いったいどんな人なんですか」

「それが……」

惣吾が目を伏せ、言い淀む。

「はっきり言ってください」

「茜さんの旦那さんだって言ってる」

その刹那、茜が持っていた手鏡を落とし、そのまま倒れこんだ。

「茜！」

駿は駆け寄って、倒れている茜を抱き起こす。いくら呼びかけても、茜は気を失ったままだった。

五

「武蔵国は川越で呉服の商いをしております角廣《かくひろ》の主で、一郎兵衛《いちろべえ》と申します」

駿は、間市の部屋で一郎兵衛と名乗る初老の男と向かい合っていた。

一郎兵衛は、齢六十をいくつか超えているだろうか。

鬢には白いものが目立つが、声には張りがあり、矍鑠《かくしやく》とした様子は大店の主としての風格を醸しだしていた。

物腰は柔らかく、言葉や仕草も丁寧でそつがない。一目で人の好さが伝わってくる。

「一郎兵衛さんは、茜とはどのようなかかわりがあるんですか」

駿は挨拶もそこそこに、無礼を承知で問いかけずにはいられなかった。

隣の間市も、それを咎めるようなことはない。

「やはり、こちらに茜はいるのですね。それで茜は無事なんでしょうか」

一郎兵衛は不快な顔ひとつ見せる訳でもなく、それどころか茜の安否を案じることに気を配っていた。

「どういうことでしょうか」

「なんでも、荷車に山積みされた四斗樽が崩れて、その下敷きになったと聞きました。

こちらに運び込まれたときは、ひどい怪我をしていたとも」

一郎兵衛が、今にも涙を流さんばかりに声を震わせた。

心から茜を案ずる様子には、駿でさえ胸を打たれるほどだ。

「茜は大丈夫です。少し額を切る怪我をしていましたが、当院の治療により、傷も癒えております。治療されたのは、こちらの西川先生です」

「ああっ、良かった。先生が茜を助けてくださったんですね。なんと御礼を申しあげていいのか。本当にありがとうございます」

ついに一郎兵衛の頬を涙が伝う。畳に額がつくほどに、深々と頭をさげた。

「一郎兵衛殿。ここにいる若者は、茜殿と郷里を同じくした幼馴染みなのです。治療したのは儂だが、身のまわりの世話をしたのは、この者です。それで茜殿のことを、いたく案じておる。おわかりいただけるかな」

「幼馴染みですか」

一郎兵衛が面をあげ、駿に視線を戻す。

「駿と申します」

駿は表情を引き締めたまま頭をさげる。

「なんと！　あなたが駿さんなのですね」

一郎兵衛が驚きに目を見開いた。

「俺のことを知ってるんですか」

「はい。あなたと涼さんのことは、茜がよく話していました。とくに、駿さん。あなたのことは、何度も聞かされましたよ」

「俺のことを、あなたに……」

打ちのめされたように、躰が強張った。

間市が話を引き取り、

「それで、一郎兵衛殿は茜殿とは如何なるかかわりがおありですかな」

先ほどの駿の問いかけを繰り返してくれた。

「ああ、これは失礼いたしました。御挨拶でも申しました通り、わたしは角廣という店で呉服の商いをしております。わたしで三代目となりますが、すでに商いは倅《せがれ》に継がせておりまして、隠居という訳ではないのですが、まあ、仕事ではずいぶん楽をさせていただいております。倅は商いに向いていたのでしょうか。奉公人たちからは若旦那と慕われ、お客様からも贔屓《ひいき》にしていただいております。番頭もしっかりとしているものですから、わたしは商いにはほとんど口を出すこともなく、呑気に暮らしております……」

そこで一郎兵衛は胸元から懐紙を取り出すと、汗が滲んでいる訳でもないのに拭うような仕草をして、ふーっと大きく一息を入れた。

癖になっているのかもしれない。懐紙を袂にしまうと話をつづけた。

「……妻の七回忌を無事に済ませたことで、これからの余生を支えてくれる女子が傍にいてくれたらと思うようになりました。丁度その頃に、呉服の商いをしていた札差から、茜とその家族についての話を耳にしました。元は名字帯刀まで許された村名主の家の娘でありながら、父親が無慈悲なお咎めにより死罪となったため、家族で暮らしに窮しているとのことでした。とくに躰の弱い母親は気持ちを病んで寝込みがちだということでしたので、わたしが家族の暮らしの面倒を見ることを申し入れ、引き換えに末娘の茜が妾奉公に来てくれることになりました。それから三年あまり、わたしは月のほとんどを妾家に通い、茜と暮らす日々を送っております」

三年前の夜に、茜の家族が夜逃げのように消えた訳がこれではっきりした。

駿は、一刀両断に刀で袈裟《けさ》懸《が》けに斬られたように、激しい胸の痛みに襲われた。苦しくて息ができない。手が震え、いくら指を握ろうとしても、少しも力が入らなかった。

角廣という川越の呉服屋の名前も、妾奉公の話も、茜の口から聞いたことがあった。茜の家族が消える前に、二人で会った最後の夜のことだ。

「茜を金で買ったってことですか」

駿は、一郎兵衛に膝で躙《にじ》り寄る。

　無礼極まりない物言いだが、一郎兵衛は少しも表情を変えることはなかった。

「老いぼれが色欲に溺れたと笑う者もございましょう。たしかに茜に会うまではそうでした。しかし、今は違います。茜に初めて会った日から、わたしは変わりました。今ではあの子がわたしの宝であり、命よりも大切だと言っても過言ではございません。まあ、老い先短いわたしの命なんぞと、茜のことを比べられるものではありませんが」

　間市が腕を組み、目を閉じた。何も話そうとはしない。

　駿はそれにはかまわず、

「茜が大切だと言うなら、どうしてすぐに迎えに来なかったんですか。茜は怪我をして運び込まれたのですよ」

　非を咎める口調で、一郎兵衛への問いかけをつづけた。

「それには返す言葉もございません。主と妾とはいえ、実の暮らしは夫婦同然。茜もわたしを慕ってくれておりました。そんなあの子を喜ばせてやりたいと、江戸を旅することにしたのでございます」

「江戸に旅で来ていたのですか」

「浅草寺や上野広小路、日本橋などを二人で楽しみました。でも、わたしが商いのことで、どうしても江戸の取引先と打ち合わせをしなければならなくて、一日だけ茜に一人で江戸見物をさせたのでございます。好きなところへ行って良いと言ってはありましたが、その日、茜は日が暮れても旅籠に戻ってまいりませんでした。わたしは必死になって、江戸中を探しまわりました。しかしながら、どこで聞いても、なんの手掛かりも摑めませんでした。仕事のことでどうしてもこれ以上は店を空けることができず、一度は川越に帰りました」

「茜を放って帰るなんて、心配ではなかったんですか」

「申し訳ございません……」

一郎兵衛が肩を落とす。

「……川越に戻ると大慌てで用事を済ませ、店のことはすべてを倅に譲りわたして、再び江戸へ向かいました。もう、茜を見つけるまでは、死んでも戻らぬ覚悟で江戸へ出てまいりました。そしてようやくと、こちらに茜が担ぎ込まれたとの話に辿り着いたのでございます」

「そんな勝手な――」

駿の言葉を遮るように、

「一郎兵衛殿。茜殿は躰の具合を悪くしており、今は眠りについておる」

間市が口を開いた。

「茜は無事ではないのですか」

「なあに、大事ではない。ただ、ここのところ気疲れもあったのであろう。二、三日の静養を取れば、躰も回復するはずだ。どうかな、今日のところはこのまま宿へ戻られては」

「しかし、それでは——」

「では明後日に、一郎兵衛殿の宿に茜殿を行かせることにしよう。積もる話もあろう。ゆっくりと茜殿と話をされるといい。それまでは、この西川間市が茜殿をお預かりして、しっかりと本復するように致しましょう。いかがですかな」

すでに治癒しているとしておきながら、まだ具合が悪いから預かると言う。話の辻褄《つじつま》は合わないが、一郎兵衛も老舗商家の主を務めるだけあって、感じるものがあったのだろう。

「わかりました。それでは西川先生にお任せをいたします。手前は明後日まで、宿で待っていることと致しましょう」

一郎兵衛はそう言うと、間市と駿に向かって両手をつき、深々と頭をさげてから帰っていった。

駿は茜を寝ずに看病した。

翌朝、茜が意識を取り戻した。

「わたし……」

「大丈夫かい。急に気を失ってしまって、倒れたときに頭を打ったみたいなんだ。西川先生に診ていただいたんだけど、額が少し腫れたくらいで、大事には至っていないそうだよ」

「ごめんなさい」

茜が床から身を起こす。少し頭が痛むのか、手で額を押さえていた。

「まだ冷やしたほうがいいかな。たらいに水を汲んでくるよ」

「いえ、もう大丈夫。それより、わたしを訪ねて来た人って……」

茜が駿を見つめる。

黙っている訳にはいかない。

「驚かないで聞いてくれ」

「はい」

茜が姿勢を正した。

「茜は妾奉公をしていたらしいんだ」

「わたし、お妾さんだったんですね」

茜が目線を落とす。

「訪ねて来たのは、茜の旦那さんだという人だった。川越で角廣という呉服屋をしていて、名は一郎兵衛だと。覚えているかい？」

茜は俯いたまま少し考える様子を見せたが、やがて黙って首を左右に振った。

「一郎兵衛さんは茜に会いたがっている。どうする？」

「わかりません」

「もしも茜が会いたくないって言うなら、俺が追い返してやってもいいんだよ」

「わかりません」

茜は首を振りつづけた。

「茜のしたいようにしていいんだからね」

「わたし、わからないんです」

茜が両手で頭を抱え、布団に突っ伏す。

茜はそのまま一昼夜、眠りつづけた。


明くる朝。一郎兵衛との約束の日である。

駿は、いつもより半刻も早く目を覚ました。にもかかわらず、駿が起きるのを待っていたかのように、身支度を整えた茜が姿を見せる。

「これから一郎兵衛さんに会ってきます」

「もう大丈夫なのか」

「うん。たくさん寝たら、なんだか頭の中の靄《もや》が晴れちゃったみたいです。ご心配をおかけしました」

「茜が嫌なら、行かなくてもいいんだよ」

「ううん。ちゃんと一郎兵衛さんに会ってきます」

物も言わせぬ、きっぱりとした口調だった。

「そうだよね。そのほうがいいよね」

駿は、己を納得させるように言葉にする。

「駿さんに、訊いてもいいですか」

「なんだい？」

「どうして、お医者様になりたいと思ったんですか」

息をするのも忘れたように、茜がまっすぐに駿の目を覗き込む。

「涼が侍になって、命をかけて百姓を守ろうとしたんだ。俺には涼みたいなことはできないかもしれないけど、それでも困っている人がいたら、助けてやれるような人になりたいって思った」

「それでお医者様に」

「うん。それも高価な薬を使わなくても、患者を助けることができる鍼灸医になりたい」

「駿らしいね」

「えっ?」

「ううん。なんでもない」

小首を傾げながら、微笑んできた。

「やっぱり、どうしても会いに行かなくちゃだめかな」

茜が静かに首を横に振る。

「一郎兵衛さんは、わざわざ川越からわたしのことを探しに来てくれたんですよね。このまま追い返すなんてできません」

「茜。戻ってきてくれるよね」

このままもしも茜がいなくなってしまったらと思うと、不安で堪らなかった。

「戻ってきますよ」

「でも――」

言いかけた駿の唇を優しく塞ぐように、茜の真っ白な人差し指が、そっと押し当てられた。

「大丈夫ですよ。わたしはちゃんと帰ってきますから」

唇に茜の指先の柔らかさが残っている。

「本当だよね」

「駿さん。わたしが傍にいてくれて嬉しかったって言ってくれましたよね」

「本当にそう思ってるよ」

「とても嬉しかったです。だから、必ず戻ってきます」

茜が微笑みを向けてくれた。

「だったら、別に会いに行かなくてもいいじゃないか」

それでも心配でならない。

「話をしてくるだけです」

「本当に帰ってくるよな」

「約束しますから、待っていてください」

茜がまっすぐに駿を見つめ返してくる。

茜は三年もの間、一郎兵衛の妾として暮らしていたのだ。二人の間には、深い情もあったという。それは茜が妻として、一郎兵衛を愛していたことになる。

駿の知らなかった茜の暮らしがあったのだ。

不安だった。もうこのまま、二度と茜に会えないような気がしてならなかった。

「俺、茜のことを待っているから」

「はい」

「ずっと待ってる」

「必ず戻ってきますから、いつか明日葉を見に連れて行ってくださいね」

茜は踵を返すと、一郎兵衛に会いに出掛けた。

駿は、茜の帰りを待った。

しかし、日が暮れても、茜は戻ってこない。

痺れを切らした駿は、間市が止めるのも聞かずに、一郎兵衛が泊まっているという日本橋の旅籠まで駆けて行った。

息せき切って旅籠に駆け込む。だが、一郎兵衛はすでに旅立った後だった。

旅籠の奉公人に尋ねると、出立は二刻（約四時間）も前であり、茜と思しき若い娘と一緒だったと言う。娘は旅装束だったそうだ。

「ああっ、茜は行ってしまった」

慌てて旅籠を飛び出したが、無論のこと、もはや茜の姿は影も形もない。

旅籠の前の往来で、夜空を見上げて呆然とする。

胸に大きな穴が空いたような虚《むな》しさに襲われた。大声をあげて叫びたいのに、なぜかそれができない。

「茜は行ってしまったのか」

駿は声のしたほうを振り返った。間市が立っている。辻駕籠を飛ばして来たのか、駿の後を追ってくれたようだ。

「茜は一郎兵衛さんと川越に行ってしまいました」

「そうか」

「あれほど、必ず戻ってくるって約束したのに」

駿は唇を噛む。

「茜がそう約束したのか」

「はい」

駿の言葉に、間市が頷いた。

「優しい子であった。茜にも思うところがあったのであろう」

「でも、茜はわたしに何も言わずに行ってしまいました」

「おまえは、そう思うのか」

間市が、わずかに口元を歪める。

「茜の記憶は戻っていたんでしょうか」

「わからん」

駿の問いかけに、間市は難しい顔で首を横に振るだけだった。

「わからんって、西川先生はどんな患者でも治せる名医なんでしょう」

「治る患者なら治る。治らぬ患者なら治らぬ」

「それでも医者なんですか」

「金をもらえば、誰にでも鍼を打つ。大名だろうと物乞いだろうと、儂は患者を選ばぬ。患者に鍼を打つのだから、儂は鍼灸医であろう」

「西川先生らしいお言葉ですね」

今は間市に食ってかかる気にもなれない。

「茜の記憶は、戻っていたかもしれないし、戻っていなかったかもしれない」

「なんですか、それ」

「儂の見立てはあるが、それはあくまで見立てに過ぎぬ。だから、教えてやらん」

「教えてやらんって……」

「おまえはどう思うのだ」

間市に問われて、駿はしばし考える。

「茜の記憶は、戻っていたんじゃないでしょうか」

「そうか。おまえはいつから茜の記憶が戻っていたと思うのだ」

「一郎兵衛さんに会いに行ったときに戻ったのか、それとももっと前に思い出していて黙っていたのか。どちらにしても、俺は騙されていたことになりますね」

駿は目を伏せた。

「おまえは騙されていたのではない。目の前にあるものから、みずから目を逸らしたのだ。人間は、己が見たいと思うものしか見ようとせぬ。それでは本当に見るべきものを見ることはできぬのだ」

間市からこの話をされるのは、いったい何度目になるだろう。

――一番大切に思う女子のことさえ、俺はちゃんと見ていなかったということか。

見るべきものを見て、困っている人の心に寄り添う。

いつかそんな人になりたい。

「わたしは、本当に見るべきものを見られるようになりますか」

駿は間市に問いかけた。間市はしばらく思案して、

「わからん」

顰《しか》めっ面のままで答える。

間市の言葉で、駿は再び顔をあげた。

「それでも、わたしは医者になります。もちろん、西川先生とは違う医者を目指します」

「己の信じる道を歩むか」

「はい。命と金を天秤に掛けるようなことは、絶対にしない医者になります」

「そうか」

「いいですよね」

「好きにしろ」

「それで江戸一番の医者になります」

駿は己に言い聞かせるように口にすると、人が行き交う往来に力強く足を踏み出した。

【参考文献】

『東洋医学概論』公益社団法人東洋療法学校協会編(医道の日本社)
『名主文書にみる江戸時代の農村の暮らし』成松佐恵子(雄山閣)
『図説 吉原事典』永井義男(朝日文庫)
『新版 大江戸今昔マップ』かみゆ歴史編集部(KADOKAWA)
『江戸時代の生活便利帖』著・三松館主人/訳・内藤久男(幻冬舎)
『江戸・東京 下町の歳時記』荒井修(集英社新書)

【取材協力】

学校法人呉竹学園 東京医療専門学校(東京都新宿区)
たむら接骨院・治療院(埼玉県富士見市)

解説

早見俊

杉山大二郎、一見して演歌歌手のような筆名を持つ作家の活躍が目覚ましい。実体験に裏打ちされたビジネス小説、『至高の営業』で文壇デビューして以来、若き信長を描いた、『嵐を呼ぶ男!』、江戸時代の企業小説といえる、「さんばん侍」シリーズ、いずれも類を見ない傑作だ。そんな杉山大二郎が江戸一番の鍼灸医《しんきゅうい》を目指す駿《しゅん》を主人公とした新たなシリーズを開始した。第一作、「桜の約束」では浅間《あさま》山大噴火（浅間焼け）で罹災《りさい》した上野国玉宮《こうずけのくにたまみや》村を舞台に涼《りょう》、茜《あかね》という幼馴染《おさななじ》みとの波瀾万丈《はらんばんじょう》の物語が展開される。第二作、「鍼《はり》のち晴れ」では舞台を江戸に移し、駿の鍼灸医修業が始まる。

鍼灸に馴染みのない読者もいらっしゃるだろう。そこで、まず私の鍼灸治療体験を記したい。

四、五年前、私は右足の踵《かかと》に痛みを抱えていた。立つのも一苦労、杖《つえ》に頼らなければ歩行不可能であった。整形外科を受診し、治療の効果で痛みが和らぐこともあったが長続きはせず、痛みはぶり返した。一生、完治しないのかと諦めかけていた時、ふと鍼灸はどうだろうと思い立った。インターネットで調べてみると私の症状に適しているのでは、と期待させる鍼灸医院があるではないか。

正直に打ち明ける。私は鍼灸の治療効果に懐疑的だった。鍼灸というと、池波正太《いけなみしようた》郎《ろう》の名作シリーズ、「必殺仕掛人」の主人公、藤枝梅安《ふじえだばいあん》がイメージされた。悪人の急所に鍼を刺して命を奪う、梅安のキャラクターと仕掛けの場面が脳裏を離れないのだ。私も自作に何度か鍼を使って人を殺す悪党鍼灸医を登場させたことがある。

そんな偏見を棚に上げ、藁《わら》にもすがる思いで鍼灸医院を訪れた。ところが、いざ治療となると怖気《おじけ》づいて帰りたくなってしまった。鍼灸医も人間、手元がおろそかになって間違ったツボに鍼を打ってしまうのではないか、治療中に地震が発生したら……。

そもそも、鍼を打たれたら痛いよなあ……と、古典落語の、「幇間腹《たいこばら》」を思い出した。道楽者の若旦那が改心して鍼灸医の修業をする。修業中、未熟にもかかわらず人に鍼を打ってみたくなり、贔屓《ひいき》にしている幇間《ほうかん》を実験台にした。小遣い稼ぎに若旦那の鍼治療を受けた幇間だったが、痛いやら鍼が折れるやらで散々な目に遭う、そんな噺《はなし》である。

そこで、学校や学習塾をサボる小学生よろしく、急な腹痛を訴え治療をキャンセルしようとした。ところが、両手でお腹《なか》を押さえて屈《かが》もうとした時、踵に激痛が走った。

先生は私の様子を御覧になって踵の痛みについて話を始めた。次いで、鍼灸治療経験の有無を問い、生まれて初めてですと答えると実にわかりやすく説明してくださった。

お蔭《かげ》で鍼への恐怖心、警戒心が解《ほぐ》れた。治療に入る際にも、方法、鍼を打つツボの箇所、要する時間を懇切丁寧に解説くださり、私の不安は取り除かれた。安心して治療を終えると治癒効果に驚く。爪先立ちの格好でしか歩行できなかったのに、しっかりと踵まで床を踏みしめることができたのだ。

もっとも、鍼灸は魔法でも忍法でもない。

痛みはかなり軽減されたが消え去ってはいない。先生は一週間様子をみてくださいとおっしゃった。痛みがぶり返すようだったら来院してください、でも、おそらく二度目は必要ないという診断だった。しばらく通院を勧められると覚悟していただけに、これも意外だった。結果、日に日に痛みを感じなくなり、いつしか杖なしで普通に歩けるようになった。

こんな経験もあり、鍼灸医を目ざす駿の物語には深い興味を抱いた。

さて、本作である。物語の冒頭、たった一人で江戸にやって来た駿は故郷玉宮村とのあまりの違いに戸惑う。第一作の解説で作家坂井希久子《さかいきくこ》さんが書いておられる通り、杉山大二郎は某一流IT企業で要職を務めた後、辣腕《らつわん》のコンサルタントとして様々な企業の顧問を務め、講演にも引っ張りだこだ。ビジネスマン杉山大二郎については坂井さんが個人的なエピソードをまじえてユーモラスに記していらっしゃるので是非ともご一読頂きたい。

ビジネスマンとしてのキャリアが存分に発揮されているのが駿の目を通した江戸案内である。お上りさん（今は使わないか）、つまり江戸に不案内な田舎出《いなかで》の若者駿を通して江戸の町並や文化、風俗を描くことにより、時代小説に親しみのない読者も物語にすっと入ってゆけるのだ。

物語早々、駿は本作を通じてキーマンとなる西川間市《にしかわかんいち》と出会う。この出会いの場でのやり取りがとても面白い。駿とは全く違う価値観を有する間市はいわば敵《かたき》役、ヒールなのだが、作者は単純なヒールには描いていない。駿に肩入れしている読者からすれば、駿の語る道理こそが正しいはずなのだが、間市が説く道理もなるほど、と受け入れてしまうのだ。

この場面に限らず、全編を通じて駿と間市のやり取りは本作の魅力の一つだ。間市が展開する理屈は駿の世界観を一変させる。

理路整然とした間市の理屈に駿は戸惑うが、間市から学んでも媚《こ》びはしない。駿には強い意志があるからだ。幼馴染で無二の友涼から贈られた言葉、「駿よ。いつまでも駿らしくあれ」が胸に刻まれているのだ。この意志と、「辛《つら》いことは誰かと分けると半分に減るが、幸せなことは誰かに分けても倍に増える」という母に教えられた信念で駿は鍼灸医修業に邁進《まいしん》する。

物語は五章で構成されており、各章ごとに中心となるエピソードが描かれ、各々起伏に富んだストーリーが展開される。作者のストーリーテラーぶりが存分に発揮されている。

以下、ネタバレにならない程度に各章を語りたい。

第一章「鍼の重み」。駿は杉坂鍼治《すぎさかしんじ》学問所に入門する。杉坂鍼治学問所は江戸でもっとも権威ある鍼灸の講習所である。学問所でまず知り合うのが咲良《さくら》という娘だ。駿と同じく鍼灸医を目指す咲良は、遠慮会釈のないずけずけとした言動をする勝気な娘だ。玉宮村にはいなかったタイプの女性で、彼女の存在は江戸という大都会の象徴だ。駿と咲良のやり取りは全編を通じて楽しく読め、二人の言葉が聞こえてくるようである。

駿は講習を終えてからも休むことなく西川間市の往診に付き従う。間市は杉坂鍼治学問所で三指に入る名医であった。鍼治療の現場を学ぶ機会を得たのだが、間市は実に高慢な男だ。それは我慢できるとしても、反感を抱いたのは医療に対する姿勢、考え方である。鍼灸医を志すきっかけとなった鍼灸医田村梨庵《たむらりあん》の言葉、「医は以《もっ》て人を活《い》かす心なり。故に医は仁術という」に駿は共感している。ところが、間市は正反対、銭を払わない者は患者ではないとして、治療を行わないのだ。腕は立つが銭金にがめつい間市の下で駿は鍼灸医修業をしなければならない。波乱を予感させる第一章である。

第二章「最後の鍼」。読む前にハンカチを用意することをお勧めする。大店《おおだな》の酒問屋の主人徳兵衛《とくべえ》に囲われている（お妾《めかけ》さん）駒《こま》への鍼治療が描かれる。駒は不治の病を患っていた。治療の場で間市は、「かあるて」という帳面を取り出す。シリーズタイトルである、「かあるて」登場の場面だ。「かあるて」には駒の病の他、毎日の食事や便通などありとあらゆることが記されていた。医療は目の前の病だけを見るのではない、と駿は学ぶ。本章では鍼治療の詳細ばかりか江戸のお酒事情が記されて彩りを添えているが、読み所は駒と息子竹丸《たけまる》の悲話だ。事情あって生き別れとなった母と子、余命いくばくもない駒のため、駿は奮闘する。読者は目頭が熱くなると同時に晴れやかな幕切れを味わうだろう。

第三章は、「恋は盲目」の章題が示すように恋模様が描かれる。駿も幼馴染みの茜に淡い恋心を抱いたが、本章では燃え盛るような激しい恋情を知る。恋焦がれる相手の側《そば》にいたい一心で自分の人生を投げ打つほどの激しい恋だ。一歩間違えば、ストーカーの嫌悪感を抱かせる物語を、好感度たっぷりの恋物語、駿の成長物語に描いてみせたのは作者の力量だろう。

第四章「信長の茶器」では、駿と間市の医術観が真っ向から対立する。腰痛で動けなくなった青物問屋の主人喜八《きはち》に間市は鍼治療を施す。ところが、商いができないとあって喜八は高額の治療費を払えなくなる。銭金を払わない者は治療しない間市は無情にも治療を中止する。このままでは青物問屋は潰れ、喜八の腰痛も完治しない。そこで我らが駿は立ち上がる。喜八の代わりに青物の商いを行い、治療費も工面しようとするのだ。

しかし、現実は甘くない。喜八が休んでいた間に客が離れ、さっぱり売れない。果たして駿はいかにして苦境を打開するのだろうか。章題の信長の茶器がそこにどう関わるのかも興味深い物語だ。

第五章「明日葉《あしたば》の記憶」は行方の知れなかった茜との再会が描かれる。ところが、茜は荷崩れ事故に遭遇し、記憶を失《な》くしていた。行方の知れなかった期間も玉宮村での暮らしも、そして駿のことさえも覚えていない。駿は茜の記憶を回復させようと尽くす。茜の記憶は蘇《よみがえ》るのか、駿との関係はどうなるのか、ハラハラする思いで読者は頁《ページ》を捲《めく》るだろう。

各章、一気読みの面白さである。

最後に私と杉山大二郎の関わりを記す。

坂井希久子さんが記された歴史時代作家の友好団体、「操觚《そうこ》の会」の末席を私も汚している。彼は幹事として会のイベントばかりか出版社、自治体との交渉に辣腕ぶりを発揮してくれる。的確で迅速な対応は有能なビジネスマンのなせる業だ。実を言うと、私も若かりし頃、彼と同じＩＴ業界（当時はＯＡ業界）で営業マンをやっていた。もちろん、実績は遠く及ばない。その当時、よく上司、先輩から、「営業マンは製品、商品を売るのではない、自分を売るのだ」と言われた。杉山大二郎はその一歩先、「営業マンは商品を売ることを考えなくていいんです。ただ、お客様に感謝されるにはどうしたらいいかを考えればいい」という境地に達していた。

その考えは、「大江戸かあるて」シリーズに反映されている。実際、私は一人の読者としてシリーズの誕生に感謝しているのだ。

「大ちゃん、新作が待ち遠しいよお！」


（はやみ・しゅん　小説家）

本書は、集英社文庫のために書き下ろされた作品です。

本文デザイン／目﨑羽衣（テラエンジン）

集英社文庫　目録（日本文学）

集英社文庫　目録（日本文学）

高野秀行　腰痛探検家
高野秀行　辺境中毒！
高野秀行　世にも奇妙なマラソン大会
高野秀行　またやぶけの夕焼け
高野秀行　未来国家ブータン
高野秀行　謎の独立国家ソマリランド　そして海賊国家プントランドと戦国南部ソマリア
高野秀行　恋するソマリア
高野秀行・清水克行　世界の辺境とハードボイルド室町時代
高野秀行・清水克行　辺境の怪書、歴史の驚書、ハードボイルド読書合戦
高野麻衣　F　ショパンとリスト
高橋一清　編集者魂　私の出会った芥川賞・直木賞作家たち
高橋克彦　完四郎広目手控
高橋克彦　天狗殺し　完四郎広目手控Ⅱ
高橋克彦　いじん幽霊　完四郎広目手控Ⅲ
高橋克彦　文明怪化　完四郎広目手控Ⅳ
高橋克彦　不惑剣　完四郎広目手控Ⅴ

高橋源一郎　ミヤザワケンジ・グレーテストヒッツ
高橋源一郎　競馬漂流記　では、また、世界のどこかの観客席で
高橋源一郎　銀河鉄道の彼方に
高橋千劔破　江戸の旅人　大名から逃亡者まで30人の旅
高橋三千綱　和三郎江戸修行　脱藩
高橋三千綱　和三郎江戸修行　開眼
高橋三千綱　和三郎江戸修行　愛憐
高橋三千綱　和三郎江戸修行　激烈
高橋三千綱　少年期「九月の空」その後
高橋安幸　根本陸夫伝　プロ野球のすべてを知っていた男
高見澤たか子　「終の住みか」のつくり方
高村光太郎　レモン哀歌―高村光太郎詩集
瀧羽麻子　ハローサヨコ、きみの技術に敬服するよ
瀧本哲史　読書は格闘技
武井照子　あの日を刻むマイク　ラジオと歩んだ九十《じゅう》年
竹内真　粗《そ》忽《こつ》拳《けん》銃

竹内真　カレーライフ
武内涼　はぐれ馬借
武内涼　はぐれ馬借疾風の土佐
武田綾乃　バブル
武田晴人　談合の経済学
竹田真砂子　牛《うし》込《ごめ》御《ご》門《もん》余《よ》時《じ》
竹田真砂子　あとより恋の責めくれば　御家人大田南畝
竹田真砂子　白春
竹田津実　獣医師の森への訪問者たち
竹田津実　獣医師、アフリカの水をのむ
竹林七草　お迎えに上がりました。　国土交通省国土政策局幽冥推進課
竹林七草　お迎えに上がりました。　国土交通省国土政策局幽冥推進課2
竹林七草　お迎えに上がりました。　国土交通省国土政策局幽冥推進課3
竹林七草　お迎えに上がりました。　国土交通省国土政策局幽冥推進課4
竹林七草　お迎えに上がりました。　国土交通省国土政策局幽冥推進課5
竹林七草　ホラー作家八街七瀬の、伝奇小説事件簿

集英社文庫

大江戸《おおえど》かあるて　鍼《はり》のち晴《は》れ

2023年6月25日　第1刷　　定価はカバーに表示してあります。

著　者　杉山大二郎《すぎやまだいじろう》
発行者　樋口尚也
発行所　株式会社 集英社
東京都千代田区一ツ橋2-5-10　〒101-8050
電話　【編集部】03-3230-6095
【読者係】03-3230-6080
【販売部】03-3230-6393（書店専用）
印　刷　大日本印刷株式会社
製　本　大日本印刷株式会社

フォーマットデザイン　アリヤマデザインストア　　マークデザイン　居山浩二

ISBN978-4-08-744542-8 C0193